이 세상에서
가장 오랜 시간에
걸쳐 쓴 편지

김장동 지음

이 세상에서
가장 오랜 시간에
걸쳐 쓴 편지

김장동 지음

북치는마을

머리말

사람은 나이 들수록 어린 아이가 되어간다고 한다.

이 말은 사실일 것 같다.

나 또한 이따금 어린 시절이 그리워지니까. 해서 어린 시절을 일깨우는 글 한 편쯤 짓고 싶은 생각이 문득문득 떠오른다. 지금 어린이들이 읽어도 쉽게 이해가 되는 동화 같은 어린 시절의 이야기 하나쯤 말이다.

그러나 이는 나만의 꿈일 뿐이다.

내가 태어나 자란 어린 시절을 소재로 글을 쓴다고 해도 오늘날 어린이들에게는 호랑이 담배 피우던 시절보다 더 이해가 되지 않는 어린 시절을 보냈으니 글을 쓰기가 쉽지 않다.

소재가 아무리 독특해도, 제재가 제 아무리 희귀하더

라도 그런 것을 대상으로 어린이를 위한 글을 쓴다고 하면 지금 아이들에게 이해가 되지 않을 것이 뻔하니, 결국 죽은 글밖에 더 되겠는가.

그런데도 뭔가의 미련이나 그리움을 달랠 수 없어 엄마 아빠가 들려주는 동화, 할아버지나 할머니가 읽고 손자 소녀에게 이야기해 주는 동화, 그런 이야기를 쓰기 위해 한 해 여름동안 꼬박 앓기도 했다.

그렇게 해서 『이 세상에서 가장 오랜 시간에 걸쳐 쓴 편지』가 탄생했다.

그리고 부록에 덧붙인 글도 있다. 소설이나 시를 쓰는 틈틈이 의무적으로 논문을 작성하기도 했는데 해마다 편수 채우기에 급급해 한 나머지 만족할 만한 논문 한 편이 없다는 것도 나를 슬프게 한다.

그런데도 학자랍시고 강단에 서서 학생들을 가르쳤으니, 이 작태야말로 목구멍이 포도청이라고 강변한 것이 아닌가 싶기도 하다.

논문도 소설처럼 물이 흐르듯 쉽게 써야 한다. 산이 있으면 계곡이 있고 계곡이 있으면 물이 흐르듯이. 그 산은 높을수록 좋고 계곡은 깊을수록 그윽하듯이 논문도 깊고 그윽하게 써야 좋은 논문이 아닐까 한다.

그런 뜻으로 세 편을 엄선해서 뒤에 놓았다.

독자들의 현명한 질정을 바라마지 않는다.

2010.5

연구실에서

1부

이 세상에서 가장 오랜 시간에 걸쳐 쓴 편지

이 세상에서 가장 오랜 시간에 걸쳐 쓴 편지

선생님, 두고두고 불러도 질리지 않는 선생님, 저로서는 이 편지가 세상에서 가장 오래 걸려 쓴 편지라고 할 수 있답니다. 얼마나 오래 걸려서 쓴 편지일까요?

무려 57년을 두고 쓴 편지랍니다.

그만 하면 이 세상에서 가장 오래 걸려서 쓴 편지라고 해도 부끄럽지 않을 것입니다.

불러도 또 부르고 싶은 댕기머리 선생님! 선생님께서는 제가 초등하교 2학년 담임이셨습니다.

당시 제 나이는 열 살, 지금은 예순 일곱 살인데도 편지를 쓰고 있으니까 세상에서 가장 오랜 시간을 두고 편지를 쓰고 있는 셈이지요. 그런 저를 선생님께서는 누구인지 기억하지 못할 것입니다. 사범학교를 갓 졸업하고 저의 학교로 부임해서 처음으로 담임을 맡아 의욕이 넘쳤다고 해도 기억하지 못하실 것입니다.

그 이유는 무엇일까요?

제가 반에서 공부를 잘했거나 반장을 한 것도 아니며 뛰어난 아이가 아니었으니까요.

처음 선생님께서 교실로 들어서는 순간, 저는 머리를 땋은 끝에 핑크색 댕기를 한 데다 양쪽 귀머리 부분으로 쪽지머리를 얹은 선생님이야말로 하늘에서 가장 내려온 하늘천사보다 더 예쁘고 아름답다고 생각했답니다.

그 나이에 그만그만한 누이들이나 동네 처녀들만 보다가 선생님을 본 순간, 한눈에 뿅하고 갔으며 세상에서 저렇게 예쁘고 아름다운 선생님이 또 있을까 싶게 가슴은 마구 뜀박질을 해댔답니다.

그러면서 제가 무슨 결심을 했는지 선생님께서는 모르실 겁니다. 선생님께 잘 보이기 위해 열심히 공부하겠다고 다짐했답니다.

그로부터 제게 있어 선생님은 카리스마로, 우상으로 저의 일생을 지배하게 되었답니다.

저는 또래 중에서 나이가 많은 편인데도 2학년이 되도록 국어책 하나 제대로 읽지 못했답니다.

그런 제가 하루아침에 국어책을 읽게 된 것은 선생님께 잘 보이려고 해서였답니다.

또한 선생님께 관심을 사거나 잘 보이기 위해 전과목에 걸쳐 '수'를 받으려고 노력했답니다.

그렇게 노력한 결과는요?

읽고 쓰지도 못했던 저의 1학기 성적은 음악을 제외하곤 모두 '수'를 받을 수 있었답니다.

3학년 2반 담임인 차 선생님이 저의 담임선생님, 세상에 둘도 없는 댕기머리 선생님과 연애한다고, 저도 다른 아이들 따라 놀려댔답니다. 저는 놀리다가 그만 차 선생님에게 붙잡혀 실내화로 40여 대나 맞았는데도 선생님을 원망하지 않았답니다. 제게는 언제 어느 때고 우상이었고 카리스마로 존재했으니까요.

선생님께서 전근을 갔을 때, 아이들은 편지를 썼답니다. 그런데도 저는 단 한 줄의 사연도 쓰지 못해 부치지 못했을 정도로 문장력이 없었답니다.

그리고 남 앞에 나서는 데 있어서도 숫기마저 없었으며 무엇 하나 내세울 것이 없었답니다.

어째서 제가 단 한 줄의 사연도 쓰지 못했을까요?

지금 고희가 가까운 나이에 선생님께 편지를 쓰면서도 이 편지를 전할 수 있을까, 선생님께서 이 편지를 읽어볼 기회가 있을까 하고 대책 없이 고민한답니다.

이 소설이 출간되면 찾아뵈려고도 하는데 그때는 정말 뵈올 수 있을지 장담도 못하겠습니다.

지금도 저는 댕기머리 선생님께서는 처음 담임을 맡으셨던 그 때 그 모습, 그 예쁨과 고움과 아름다움을 고스란히 간직하고 계실 것이라고 믿고 있답니다.

"선생님!"

세상에서 가장 존경어린 마음으로 불러 봅니다.

앞으로도 저의 변함없는 우상이시고 카리스마로 가슴에 길이 남으실 '댕기머리 선생님!'

> 차표도 팔지 않는 간이역에서 편지를 쓴다.
> 써서 부쳐도 좋고
> 부치지 않으면 더 좋은 편지를.
> 편지지는 맑은 봄 하늘
> 봄바람 펜을 잡고
> 갓 움 틔운 새싹 사연을.
>
> 시 「간이역에서」의 일부

아득한 기억의 저 편

여덟째는 서울에서 먼 시골, 관에서는 용안리, 흔히 다베동이라고 일컫는 열댓 가구가 살고 있는 작은 농촌 마을에서 태어났다. 일제(日帝)가 태평양 전쟁을 일으켜 승승장구하다가 패색이 짙은 1943년 9월 1일에.

일제는 전쟁물자가 부족해지자 총과 칼을 들이대고 강제로 병합한 식민지 백성들이라고 해서 밥을 담아 먹는 놋그릇까지 수탈해 갈 정도로 최후 발악을 한 시기였다. 그랬으니 사람들은 살기가 얼마나 힘들어 했는지.

피땀 흘러 농사를 지으면 일제가 공출(供出)이라는 명분으로 몽땅 빼앗아 갔다.

그 대신 먹을 것이라고 준 것은 만주에서 생산되는 콩으로 기름을 짜고 남은 찌꺼기인 콩깻묵을 배급해 줘서 겨우 목숨만은 부지할 수 있게 해 주었다.

여덟째를 낳은 엄마는 콩깻묵으로 멀건 나물죽을 쑤어 먹었으니 젖이 나올 리 없었다.

게다가 여덟 번째로 아기를 낳았으니 젖은 마를 대로 마르고 쭈글쭈글했다.

당시만 해도 어른들은 아기가 들어서면 제 먹을 것 가지고 태어난다고 생각하고 생기는 대로 낳았다.

아니, 아니었다. 원하지 않은 아기가 들어서더라도 지울 수 없었다. 의료기관도 드물었거니와 있다고 해도 돈이 없어 병원에 갈 엄두도 내지 못했다.

그런데다 무식한 사람들이기 때문에 생명을 잃을 수도 있는데도 민간요법을 맹신했다. 아기를 지우기 위해 임산부가 간장을 많이 먹거나 높은 데서 뛰어내리는 무모한 행동까지 했다.

그러니 생기는 대로 아기를 낳을 수밖에.

여덟째는 먼저 태어난 형이나 누나들이 젖을 빨아먹은 데다 엄마가 먹지도 못했으니 젖이 나오지 않아 젖배를 곯았다.

엄마는 젖을 먹이다가도 푸념처럼 "원하지도 않는 자식을 낳아 엄마 마음 이렇게도 아프게 하다니. 차라리 죽었으며 속이라도 시원하지." 하고 말하곤 했다.

젖이 나오지 않으니 여덟째에게 먹이는 것이라곤 보리밥을 할 때 넘치는 밥물을 받아뒀다가 식혀 젖 대신 먹였고 쌀마저 없어 보리쌀을 입에 넣고 씹으면 입안에 고이는 흰 뜨물같은 것을 뱉어 먹이곤 했으니 살이라곤 붙을 리 없었다. 여덟째는 뼈만 앙상하게 남아 생명이 오늘 내일하며 골골했으나 살 운명이었든지 목숨만은 근근이 붙어 있었다.

여덟째가 네 살 나던 해였다. 천연두가 유행하자 동네 아이들이란 아이들은 모두 천연두에 걸렸다.

여덟째는 예방접종을 했는데도 약골 탓인지, 다른 아이들보다 몹시 심하게 앓았다. 그것도 보름 동안이나 골방골방 앓아댔으니 뼈만 남아 죽은 것이나 다름없었다.

어느 하루 새벽이었다. 아버지가 숨이 끊어진 줄 알고 여덟째를 헌 이불에 눕혀놓고 주섬주섬 쌌다.

아버지는 "낳은 부모 생고생시키는 아이, 하루라도 빨리 죽는 것이 부모 속 덜 썩이지." 하면서 싼 것을 안고 산으로 가서는 땅을 파고 묻으려고 하는데 이불이 꿈틀꿈틀해서 차마 땅에 묻지 못하고 발길을 되돌렸다.

집으로 돌아온 아버지는 "죽든 살든 난 모른다." 하면서 골방에 처박아둔 것이 닷새만에 살아났다고 한다.

그런 탓으로 여덟째는 출생신고를 늦게 하는 바람에 학교 또래 친구들과는 3년이나 나이 차이가 났다.

아마 여덟째가 다섯 살 때쯤이 아닌가 한다.

맞아서 이마에 주먹 만한 혹이 생긴 것이 태어난 이래 첫 기억이었다. 머리가 좋은 아이는 세 살 적 일을 기억한다고 하지만 여덟째는 머리가 좋은 편이 아니었다.

실은 다섯 살 때 일이라고 했으나 그것도 당시 기억한 것이 아니라 커서 증조할머니가 돌아가신 해를 계산해 보니 다섯 살 때였기 때문에 그런 줄로 추정했다.

몹시 무덥던 6월 어느 하루였다.

집안 대대로 해 오던 삼베를 짜기 위해 삼을 삼아 커다란 타래를 안방에다 예닐곱 개씩 쌓아 앙겨로 덮고 불을 때 방안을 후끈하게 해서 삼을 띄웠다.

안방에서만 기거하던 증조할머니가 증손자인 여덟째가 안방을 거쳐 건넛방으로 가기라도 하면 "요놈, 바람 들어오게 드나들긴 드나들어." 하고 벼락을 내렸다.

그러면서 입에 물고 있던 긴 곰방대로 이마를 냅다

때려 알밤만한 혹이 생긴 기억도.

한번은 이런 일도 있었다. 당시만 해도 마을에서는 기제사를 지낸 아침으로 마을 어르신들에게 음복(飮福)하라고 제삿밥과 전이며 과일을 소반에 담아서 돌리는 미풍양속이 전해지고 있었다.

기제사를 지낸 집에서는 당연히 동네에서 나이가 가장 많은 증조할머니에게도 제삿밥을 가져왔다.

여덟째는 증조할머니가 수저를 들기도 전에 과일 접시에 놓인 반쪽 밤알을 집으려고 손을 덥썩 내밀었다.

그러자 증조할머니는 벼락 치는 소리로 야단쳤다.

"요놈, 어른이 먹기도 전에 어디 손을 대."

증조할머니는 곰방대로 여덟째의 이마를 내려쳐 번갯불이 일면서 주먹만한 혹이 생긴 것도 기억난다.

그리고 또 하나의 기억으로는 증조할머니가 돌아가시고 상여를 꾸며 집을 나갈 때였다.

여덟째는 붉은 천에다 흰 글씨로 쓴 만장(輓章)을 단 깃대를 들고 따라가겠다고 고집을 부렸다.

여덟째는 너무 어려서 깃대를 들고 상여를 따라갈 수도 없었다. 게다가 상여길이 2십여 리나 된다.

여덟째는 엄마가 너무 멀어 못 간다고 어르고 달랬는

데도 종일 생떼를 부리는데도 엄마는 얼굴을 붉히거나 손찌검 한번 하지 않은 채 한결 같이 달래기만 한 것도 잊혀지지 않은 채 기억하고 있었다.

몇 살 때였는지는 확실하지는 않으나 여덟째는 한여름인데도 얼마나 추웠던지 솜이불을 끌어안고 온몸을 떨어대며 울었었다. 아파 울고 먹지 못해 배고파 울고 참 많이 울었었다.

커서 알게 된 것이지만 학질, 곧 말라리아에 걸려 거의 죽어가다가 간신히 살아났다고 한다.

병원은 삼십리 거리나 되는 읍내에 가야 했다. 아니, 병원이 있다고 해도, 실은 조그만 동네에서 여덟째가 제일 부자라고 소문났지만 그 부자란 것이 오죽 했으면 돈이라곤 없어 병원에 갈 엄두도 내지 못했다.

그랬으니 병원은 고사하고 한약 한 첩 지어 먹이지 못하고 무턱대고 낫기만을 기약도 없이 기다렸다.

"여덟째가 아파 먹지도 못하는데 줄 것이라곤 없으니. 제사 때 쓰던 오징어라도 있었으면 좋겠는데."

엄마는 여덟째를 어르고 달래면서 줄 것이 없나 하고 집안 구석구석을 뒤졌고, 있을 만한 데는 다 뒤져 쓰다 남은 뻐쩍 마른 황태 한 마리를 찾아냈다.

"줄 것이라곤 황태밖에 없으니. 이것이라도 손에 쥐어줄 테니, 남 주지 말고 몸에 지니고 있도록 해라."

"엄마, 이걸 어떻게 먹으라고?"

"가지고 있으면 내 밭을 매다 들어오는 대로 방망이로 두드러서 먹을 수 있게끔 해 줄 테니."

이때만은 여덟째도 순순히 엄마 말을 들었다.

"그래 엄마. 알았어."

여덟째는 황태를 형이나 누나에게 빼앗기지 않으려고 하루 종일 두 손으로 움켜쥐고 놓지 않았다.

여덟째는 스물 두엇 되는 동네에서 제일 부자 소리를 듣는 집에 태어났다.

그런 집에서도 얼마나 못 먹고 못 살았으면 자식 사랑하는 엄마의 마음이 황태 한 마리였을까를 생각하니 어른이 된 뒤에도 가끔 목이 메이기도 했다.

여섯 살부터

아버지의 속 마음은 알 수 없으나 여덟째가 공부 잘

하기보다는 죽을 동 살 동 모르고 농사일만 하기를 바라는 것같았다. 그런 탓인지 모른다. 농사철이 돌아오면 밥숟가락을 놓기가 무섭게 여덟째를 밭으로, 논으로 데리고 다니면서 일만 시켰다.

여덟째가 아버지를 따라다니면서 일을 한 기억으로는 여섯 살 적이었다. 여섯 살이라면 자식이 귀한 집에서는 한창 귀여움을 받을 나이, 애지중지하기를 흙이라도 묻을까 땅바닥에 내려놓지도 않았고 다칠까 바깥에 내보지도 않을 나이였다.

여덟째는 자식이 많은 집안에 태어났으면 살아남기 위해서도 요령을 피우거나 눈치라도 있어야 했는데 눈치조차 없는데다 귀여움 받을 짓보다는 미운 짓만 골라 했다. 게다가 막무가내로 땡깡만 부렸으니 얻어먹을 것도 얻어먹지 못했던 것이다.

여덟째는 얻어먹지 못해도 땡깡 부리는 것이 전매특허였으나 그런 땡깡도 아버지에게는 통하지 않았다.

여덟째는 '곶감 소리에 호랑이가 도망쳤다'는 동화처럼 '아버지 오신다'는 말만 들어도 벌벌 떨었다.

세상없는 땡깡을 부리며 울다가도 언제 그랬느냐는 듯이 울음을 뚝 그치고 눈물까지 닦을 정도였으니까.

여덟째는 땡깡을 부리기는 했으나 천성이 착하고 인정이 많은데다 남 주기를 좋아했다.

해서 남에게 뭔가를 갖다 주라는 엄마 심부름이라면 싫은 내색하지 않고 기를 쓰고 심부름했다.

기제사를 지낸 아침으로 여덟째는 동네 어른들에게 음식을 나눠줄 때도 심부름을 독판으로 했고 동네 사람들을 초대했을 때도 신이 나 뛰어다니며 전하기도 했다.

벼를 벤 뒤, 마지막 가을갈이를 했다.

아버지는 여덟째에게 보리갈이를 끝내고 싹이 고루고루 나게 고무래로 흙덩이를 부수는 일을 시켰다.

여덟째는 어른들이 쓰는 고무래로 흙덩이를 깨려니, 고무래가 큰데다 무거워서 힘은 힘대로 들고 바싹 마른 흙덩이는 좀체 부숴 지지 않았다.

고무래가 무거워 들기조차 힘이 겨운데다 겨우 들어서 내리치니 마른 흙덩어리가 쉽게 부서질 리 없었다.

여덟째는 눈물을 찔끔찔끔 짜면서 고무래질을 했다.

이를 두고 보다 못해 아버지는 주먹을 불끈 쥐고 여덟째에게 호통을 쳤다.

"에라, 빌어먹을. 그것도 일이라고…"

심지어 아버지는 들고 있는 연장으로 때리려고 했다.

그러면 여덟째는 논틀로, 밭틀로 도망을 갔다.

한번은 디딜방아를 찧을 때였다.

방아가 워낙 육중해서 네 사람이 올라서서 밟아야 방아머리가 들려 곡식을 찧을 수 있었다.

그랬으니 여덟째마저 아버지에게 붙잡혀 꼼짝 못하고 그 싫은 디딜방아를 찧어야 했다.

디딜방아를 찧는데 두 살 터울인 네 살 누이동생이 배 아프다고 칭얼대며 울어대는데도 누구 하나 아버지가 무서워 누이동생을 돌보거나 업어 주지도 못했다.

누이동생은 방아 찧는 데까지 와서 울며 칭얼댔다.

"엄마 나 배 아파. 조금만 업어줘."

엄마는 내색하지 않았으나 마음이 다 탔을 것이다.

"조금만 참아. 방아 찧고 나서."

"지금 업어 줘라, 엄마."

"조금만 참으래도 보채는구나."

그러면 아버지는 또 벼락 치듯 소리를 내질렀다.

"나가 뒈질, 저리 가지 못해."

그런데도 누이동생은 칭얼대며 울어댔다.

"싫어, 싫어, 엄마. 지금…"

여덟째는 아버지가 또 무슨 벼락 치는 소리를 할지 몰

라 마음이 조마조마하다 못해 얼굴이 새파랗게 질렸다.

누이동생이 아무리 보채고 울어대도 할머니마저도 아버지가 무서워 확 속의 보리를 뒤집으며 빻은 보리를 치에 담아 까불기만 했지 달래거나 업어 주지 못했다.

누이동생은 보채다 혼자 황토 바른 흙벽을 손톱으로 호비작 호벼 파 먹느라고 울음을 그쳤고 그쳤다가 또 울었다. 울어대다가 누이동생은 기운이 소진했는지 마루에 꼬꾸라져 그대로 잠이 들었었나 보다.

그랬으니 방아를 찧으며 귀를 기울어도 누이동생의 보채는 소리나 울음소리가 들리지 않지.

잠이 든 누이동생의 얼굴은 땟물이 흐르다가 말라 버려 흔히 어른들이 말하는 다리 밑에서 갓 주워온 거지 아이나 다름없었다.

엄마는 방아를 다 찧고 누이동생을 보러 갔다.

"엄마, 나 배 아파. 배 좀 만져 줘."

"그래. 어디 좀 보자구나."

"엄마, 많이 많이 만져 줘."

"만져준다고 낫는다면 백 번 천 번도 더 만져주지."

"어서 엄마. 만져줘."

그러면 할머니가 들어 누이동생의 배를 대신 문질러

주면서 달랬다.

"어디 보자. 내 손은 약손."

"할머니가 만지면 엄마보다 더 아파."

할머니도 거친 들일을 해서 손에 굳은살이 박혀 살살 문지른다고 해도 누이동생에게는 아프기만 했다.

"할미 손이 약손이라니까, 그러네."

"약손은 무슨 약손, 딱딱해서 아프기만 한데."

"그러면 업어주랴?"

"업다가 넘어지면 어떻게 해?"

할머니는 힘에 겨운데도 누이동생을 업어 달래기도 했고 또 업어서 잠을 재우기도 했다.

오래 전부터 누이동생은 배가 아프면 몰래 흙벽을 핥아먹는 것이 버릇이 되었으며 시름시름 배앓이까지 했다.

아버지는 그런 누이동생이 불쌍하지도 않은지 엄마보고 안아 주거나 업어 주지도 못하게 했다.

"앞으로 버릇 되니, 아예 업어 주지 마라."

그러면서 약 한 첩 지어 먹이지도 못하게 했다.

어느 하루 새벽이었다.

여덟째는 오줌보가 터질 것 같아 다른 날보다 일찍 잠에서 깨어났다. 눈곱을 떼기 위해 눈을 비비다 보니 아버지가 헌 이불에 무엇인가를 주섬주섬 싸는 것이 아닌가. 엄마는 말없이 지켜보고만 있고.

그 무엇인가는 미동도 하지 않는 누이동생이었다.

아버지는 입을 굳게 다문 채 누이동생을 헌 이불에 대충 싸서 안더니 방문을 열고 밖으로 나가는 것이 아닌가.

손이 흔해 생기는 대로 아이를 낳다 보니 열 자식이나 낳았으니 한두 자식, 그것도 사내가 아닌 계집아이를 잃었다고 해서 눈 하나 깜짝 할 아버지가 아니었나 보다.

그랬으니 눈물 한 톨 보이지 않지.

여덟째는 울지도 못하고 눈물만 글썽이었다.

여덟째는 손이 흔한 집안에 여덟 번째로 태어난 탓인지 호적에 올린 김팔제(金八第)란 이름 대신 집에서나 동네에서나 여덟째로 불리었다.

식솔들도 밤낮 없이 드나 나나 '여덟째, 여덟째' 하고 부르다 보니 여덟째가 이름으로 굳어졌다.

그렇게 여덟째는 무관심 속에 자랐다.

여덟째가 일곱 살 나던 해였다.

아버지는 모를 심고 나서 열흘이 되기도 전에 굼논 열네 마지기 논을 맸다. 논을 매는데도 놉을 해 두레로 매거나 품을 사서 매지 않고 한 푼이라도 돈을 아끼려고 머슴과 둘이서 땅을 파 뒤집는 애벌논을 맸다.

점심을 먹은 뒤, 아버지는 해 떨어지기 전에 논매기를 끝내려고 했던지 여덟째까지 데리고 나가 논을 맸다.

아버지는 일곱 살 먹은 아이가 힘이 있으면 얼마나 있는지는 조금도 생각하지 않았다.

아버지는 호미질하는 것이 못마땅해서 또 벼락 치는 소리를 내지르며 때리려고 달려들었다.

"이놈아, 그것도 호미질이라고 해."

그 성질에 아버지는 호미로 내리치기도 남았다.

여덟째는 매를 맞지 않으려고 냅다 도망을 치다가 뒤를 힐끔 돌아다보면서 아버지에게 한 소리 해댔다.

"이 씨, 삶은 무시 못 먹을 때 봐."

여덟째는 산속으로 달아나 오후 내내 불안에 떨었다.

일을 하지 않고 도망을 친 데다 아버지에게 삶은 무먹지 못할 때 보자고까지 했으니 집에 들어가면 속절없이 붙잡혀 매 맞을 일만 남았으니 불안에 떨 수밖에.

여덟째는 날이 저물어 배에서 꼬르륵 소리가 나도 집에 갈 생각은 엄두도 내지 못했다.

산속은 칠흑처럼 어두워졌다.

그제야 여덟째는 산에서 내려와 부엌으로 숨어들어

엄마가 챙겨둔 밥으로 허기진 배를 채웠다. 그리고 안방으로 들어가서 식구들 사이에 끼어 새우잠을 잤다.

여덟째는 아침에 일어나서도 아버지 눈치를 슬금슬금 살피며 여차하면 도망칠 생각부터 했다.

그랬는데 아버지는 어제 일을 까맣게 잊으셨는지 아무렇지도 않게 "여덟째야, 밥 먹었으면 일하러 가자." 하면서 혼을 내지 않았다.

그런 일이 있은 뒤로 여덟째도 누나들처럼 아버지가 화내는 순간만 피하면 된다는 것을 알고, 도망치는 버릇이 은연중 생겼다.

한 해도 배를 곯지 않고 그냥 지나친 적이 없으며 그런 진저리를 치는 보릿고개가 닥쳐왔다.

어느 집 할 것 없이 아이들은 보릿고개가 가까우면 군것질이라곤 할 것이 없어 배고파 보채고, 보채다 울고, 울다가 지쳐서 그대로 잠이 들기 일쑤였다.

'보릿고개'가 닥치지도 않았는데 사람들은 보릿고개를 죽지 않고 어떻게 또 넘기지 하고 걱정부터 앞섰다. 그랬으니 보릿고개란 말은 그냥 생긴 것이 아니었다.

고추 당초 맵다 한들
시집살이보다 더 매울까
시집살이 맵다 한들
보릿고개보다
견디기 더 어려울까.
고개고개 보릿고개
열두 고개 보릿고개.

「전래 동요」에서

그런 탓인지 먹을거리라도 생겼다 하면 여덟째의 욕심은 혼자 먹겠다고 생떼를 쓰곤 했다.

어쩌다 보리방아라도 찧는 날이면 엄마는 보리를 찧은 겨를 가지고 치로 쳐 개떡을 만들어서 쪘다. 찐 개떡은 식으면 까맣게 변해 마치 개똥과 비슷했기 때문에 개떡이라는 이름이 붙었는지도 모른다.

그런 개떡이라도 만들어 찌는 날이면 여덟째는 혼자 먹으려는 욕심으로 개떡을 높은 데다 숨기곤 했다.

여덟째가 숨기는 데는 뻔한데도 누구 하나 가져다 먹지 못했다. 바로 누구도 올라가지 못하는 뒤뜰 감나무 맨 꼭대기 가지 끝에 매달아 놓아서였다.

그렇게 매달아놓고는 까맣게 잊고 지내다가 뒤늦게 생각이 나서 올라가 보면, 개떡은 썩어 냄새가 나는데다 곰팡이까지 피어 도저히 먹을 수 없었다.

여덟째는 혼자 먹으려다 다른 식구들도 먹지 못한 채 버린 것만 해도 한두 번이 아니었다.

여덟째가 혼자 먹으려고 하는 데는 이유가 있었다.

손이 흔한 집안에 여덟 번째로 태어난 탓인지 무관심 속에 자랐다. 얼마나 무관심했으면 하루 종일 죽을 동 살 동 땡깡을 부려도 누구 하나 그런 땡깡을 들어주기는 커녕 거들떠보기조차 하지 않았다.

엄마마저도 밭이나 들에 나가 일하는데 눈코 뜰 새 없이 바빠 여덟째를 돌볼 겨를이 없었다.

여덟째는 관심을 끌려고 붕어 배를 따듯이 목을 딴다고 연필 깎는 칼로 목을 찌르자 피가 주룩 흘러내렸다.

이를 지켜보던 큰 누나는 여덟째의 부아만 돋웠다.

"그래 찔러 죽겠어. 더 세게 찔러야지 죽지."

큰 누나는 더 찌르라고 충동이었다.

여덟째는 "미워. 큰 누나 미워." 하면서도 부끄럽고 쑥스러워서 슬그머니 땡깡 부리던 것을 그만뒀다.

이처럼 세상없는 땡깡도 누나나 동네 사람들에게는

통하지 않았다. 땡깡이 통하는 것은 오직 엄마뿐이었다.

아버지, 아버지요

아버지는 뒤늦게 맏이로 태어난 데다 너무 오냐오냐 하고 키워 성질을 죽여본 적도 없이 성장했다.

그렇게 성장한 탓인지 어른이 된 뒤에도 있는 성질, 없는 성질을 낼 줄만 알았지, 감정을 자제하거나 성질을 죽일 줄을 몰랐다.

일제 때 비싼 월사금 내가며 초등학교에 보냈다. 할아버지가 학교에 보내긴 했으나 아버지는 땡땡이를 쳐 열흘이 멀다 하고 결석을 했다.

어쩌다 학교에 가게 되는 날이라도 중간에서 땡땡이 치다가 되돌아오기 일쑤였다.

그것도 학교를 다니는 둥 마는 둥 하다가 졸업도 못하고 6학년 초에 그만뒀다.

아버지는 농사일을 거들다가 일이 하기 싫으면 오입(가출을 의미)을 갔다. 일본으로, 만주로 돌아다니다가 돈이 떨어지면 돌아오곤 했다. 어른들은 장가나 보내면 마음잡고 일이나 하며 집에 붙어 있을까 해서 열네 살밖에 되지 않았는데도 장가를 보냈다.

엄마는 열일곱 살에 시집을 왔고.

아버지는 장가를 들었으니 명색이 새신랑이었다.

색시까지 데려다 놓았다면 새신랑 노릇을 해야 하는데 총각 적 버릇을 버리지 못했다.

"야 색시야, 나 누룽지 많이 긁어줘라."

"밥을 퍼야 긁어주지요."

"색시야, 밥 그만 퍼고 긁어줘라."

"밥 푸면 긁어 줄게요."

"빨리 먹고 싶다. 어서 긁어줘라."

아버지는 곧 바로 누룽지를 긁어 주면 골을 부리지 않았으나 누룽지가 눋지 않거나 긁어 줄 것이 없을 때는 하루 종일 엄마를 따라다니면서 골을 부렸다고 한다.

아버지는 스무 살이 되기도 전에 장사를 한다는 핑계로 땅을 팔아서 부산으로, 오사카로, 만주로 몇 달씩 소식도 없이 돌아다니다가 돈이 떨어지면 집으로 돌아오곤 했다. 그러다가 마땅한 동업자를 구해 장터에 가게를 얻어 고무신 장사와 비단 장사를 겸했는데 어느 정도 이문이 생기는가 보다 했더니 믿고 맡겼던 동업자에게 돈을 몽땅 떼였다.

어쩔 수 없이 아버지는 소송을 했다.

집에서 법원이 있는 대구까지는 1백오십 여리, 왕복 3백여 리나 되는 먼 거리였다. 그런 먼 거리를 재판이 있는 날이면 새벽에 집을 나서 재판에 참석하고 끝나면 또 밤을 새워 집으로 돌아오곤 했다.

그렇게 몇 달이나 오간 끝에 1심에서는 승소했으나 패소한 상대방에서 상소하는 바람에 질질 끌다가 6.25 전쟁이 나자 흐지부지, 결국 가산만 탕진하고 말았다.

이때 여덟째는 아버지의 분하고 억울함을 풀어주기 위해 판사가 되고자 하는 꿈을 키우기도 했다.

아버지는 하는 일마다 거듭 실패하자 농사나 짓겠다고 눌러앉았다. 농사일은 어릴 적부터 일이 몸에 배야 할 수 있는데 그렇지 못했다.

소를 키우고 있었는데도 부릴 줄을 몰라 밭을 갈 때는 누나나 여덟째가 소 노릇을 대신했다.

더욱이 아버지는 일하는데 있어 물리마저 터득하지 못해 힘은 힘대로 들고 능률마저 오르지 않아 일철만 돌아오면 식구들을 들들, 달달 볶아대기만 했다.

그랬으니 엄마는 아버지 비위를 맞추며 살자니 얼마나 속을 썩였는지 말로 다할 수 없었다. 그렇지 않아도 층층시하 시집살이에 머슴까지 포함해 열 두엇 식구 삼시 세 끼 밥 삶아 대랴, 새참까지 이고 들로 나가랴, 밭일이며 들일까지 거들랴, 밤으로는 열서너 식구 옷치성까지 했으니 몸이 열 개라도 불어나지 못했다.

아버지는 자식 사랑이 없는 것도 아니었다. 맏이에 대한 사랑만은 세상 어떤 부모보다도 각별했다.

아버지는 맏이가 초등학교를 1등으로 졸업하자 있는 살림, 없는 살림 다 털어 서울로 유학을 보냈다.

맏이를 이모 집에 맡겨두고 혹시라도 굶을까 숨겨뒀던 쌀을 일제의 눈을 피해 한 손에 두 말씩 너 말이나 들고 밤차를 타고 갖다 주었으니까.

맏이가 방학이 되어 내려온다고 편지라도 오면, 온 집안을 청소한다고 야단법석을 떨었다. 물레를 잣거나 베 짜던 베틀마저 맏이의 옷에 솜먼지라도 묻기라도 할까 보아 손수 치웠고 집 안팎을 청소하라고까지 성화를 끓일 정도로 세상에 없는 아들 사랑이었다.

다베동은 시골구석인 탓인지 모르겠으나 동네에 라디오 하나 없었으니 바깥소식과는 담을 쌓고 살았다. 바깥소식에 얼마나 둔감했는가 하면, 6.25 전쟁이 일어난 지 열흘이 지났는데도 이를 모르고 일만 했으니까.

여덟째는 열네 마지기 굼논에서 아버지와 머슴 따라 두 벌 김을 매는데 엎드려 논을 매면 장잎에 가려 가까이 가기 전에는 보이지도 않았다.

그런 어린 여덟째를 데리고 두 벌 논을 매고 있었으니 아버지도 정말 대단했다.

그날은 논을 매다가 날이 완전히 어두워서야 집으로 돌아와 늦은 저녁상을 받아 먹으려고 할 때였다.

천만뜻밖에도 큰 누나가 헐레벌떡 마당으로 들어서는 것이 아닌가. 들어서는 큰 누나의 몰골은 세상에 거지도 그런 상거지는 없었다.

큰 누나는 넋이 나간 듯 말했다.

"세상에 난리가 나서 모두 피난 간다고 야단법석인데 이렇게 한가하게 저녁이나 드시고 계셔요?"

순간, 아버지는 늑대처럼 표정이 돌변했다. 큰누나에게 오느라고 고생했다는 한 마디 없이 호통부터 쳐댔다.

"뭐 난리가 났다고? 그래, 언제 났다더냐?"

"며칠이 지났는데 몰랐다니요."

"난리가 났다는데 그래, 니 오라비는 안 온 기여?"

"사태를 보고 뒤따라온다고 해서…"

"뭐 어쩌고 어째? 이년아, 뒈져도 같이 죽고 살아도 같이 살지. 그래, 혼자 살겠다고 니 오라비 놔두고 와?"

아버지는 방금 받아서 먹으려던 밥상을 마당에다 냅다 던지면서 세상에 없는 천지 풍파를 일으켰다.

누나는 청파동을 출발해 마포나루에 이르렀으나 배가 없어 강을 건너지 못해 하룻밤을 꼬박 새웠다.

새벽 무렵 국군 사병 너댓이 사공을 협박해 배를 강가에 대게 하자 큰 누나는 죽기 살기로 배에 매달린 채 강을 건넜다. 그리고 수원까지 탈탈 걸어왔다.

수원역에서 화차 지붕에 간신히 올라타고 밤새 대전까지 올 수 있었다. 대전서부터는 죽 걸어 김천을 거쳐 집에 오는데 사흘이나 걸렸다.

발바닥은 물집이 져 터진 데다 먹지 못해 금방이라도 쓰러질 것처럼 애처로운 모습이었는데도 아버지는 오직 맏이만 생각하고 큰딸은 조금도 생각하지 않았다.

아버지는 큰 아들을 잃었다고 생각해서였는지 머리가 어떻게 된 것같았다.

피땀 흘려 농사 지어 일제의 눈을 피해 쌀자루를 들고 끙끙대며 밤차 타고 갖다 주던 정을 딸자식들에게는 나눠주지 않는지 여덟째는 알 수 없었다.

미친 듯이 화를 내면서도 아버지는 피난 준비를 하라고 또 가족들을 달달 볶아댔다.

두지 밑을 파서 살림살이를 숨긴 다음, 벽을 막고 발라 빨리 마르라고 불까지 땠다.

간장독이며 된장독은 두엄에 묻었다.

피난 준비로 눈코 뜰 새 없이 바쁜 중에도 우리에 두고 가면 피난민들이 들어와서 잡아먹는다고 먹이던 돼지 한 마리는 잡고 나머지는 풀어 놓았다.

배를 째고 보니 새끼 아홉 마리가 꿈틀했다.

여덟째는 돼지가 불쌍해서 눈물을 흘리기까지 했다.

저녁에는 고기국을 끓여 먹었다.

평소 기름기 많은 고기국을 먹어 보지 않아서인지 가족들은 설사를 해서 밤새 뒷간을 드나들어야 했다.

밤이 되자 아버지는 먹을 갈더니 붓과 종이를 찾아 이슥하도록 글을 썼다. 집에 온 맏이가 보고 찾아오라는 글이었다.

예를 들면 이런 것이었다. '대구로 가니 몇월 며칠 달성공원에서 달 뜰 때 만나자.' '부산으로 가니 몇월 며칠 영도다리서, 달 뜰 때 만나자.'

아버지는 쓴 종이를 집안 구석구석에 붙였다.

피난을 떠나기 바로 전날이었다. 키가 크고 눈이 파란 군인 둘이 집으로 들어왔다.

누나들은 욕이라도 당할까 숨어 버렸으나 여덟째는 생전 처음 보는 사람이라 신기해서 붙어 있었다.

그들이 뭔가를 말하는데도 여덟째는 알아들을 수 없었다. 중학교에 다니는 사촌 형이 노트에 쓰고 손짓 발짓을 해서야 겨우 알아듣고 설명해서야 알기는 했지만.

그들은 가지고 다니던 지도를 펴놓더니 어떤 지점을 가리키면서 "선산, 선산" 하는 것이었다.

그제야 길을 가리켜 달라는 뜻을 알았나 보다.

사촌형은 길을 떠나기에 앞서 잘 익은 수박 하나를 따 칼로 쪼개 주었으나 군인들은 낙오된 탓인지 불안해하면서 둬 번 먹다 말고 배낭을 짊어지고 서둘러 길을 떠나는 것이었다.

이미 인민군 선발대가 피난민에 섞여 지나갔다는 소문이 돌았을 때여서 사촌 형이 길을 가리켜 주기 위해 산태재까지 몰래 따라갔다가 밤늦게 돌아왔다고 한다.

여덟째는 키 크고 눈이 파란 군인은 아마도 선산으로 가다가 얼마 가지 못해 인민군들에게 붙잡혀 죽었을 것이라는 생각을 두고두고 지울 수 없었다.

왜냐하면 미군은 키가 크고 피부도 우리와 달라서 사람들 눈에 쉽게 띄기 때문이었다.

여덟째는 말이 통했다면 동굴에 숨겨줬다가 수복 후에 가게 했어야 했는데 하는 아쉬움을 어른이 된 뒤에도 떨칠 수 없었다.

아버지는 먼저 고모가 사는 언시(마을 이름)로 갔다가 그곳에서 하룻밤 묵고 외가가 있는 화송(마을 이름)으로 가서는 여자들은 떨어뜨려 놓고 남자들만 데리고 피난을 가려고 했다. 여덟째는 엄마가 아끼는 파라솔 하나만 들고 피난을 갔다.

언시 고모집에 도착한 아버지는 머슴에게 비단 50필을 지우고 여덟째를 딸려서 화송으로 보냈다.

자식 사랑이 밴 비단 50필은 엄마가 아들 딸 장가보내고 시집보낼 때 혼수 감으로 함에 넣어 보내기 위해 누에를 치고 고치에서 실을 뽑고 베틀에 올려 손수 짠 비단이었다.

머슴은 짐을 지고 신작로를 따라가다가 어떤 지점에 이르니 순경들이 길을 막고 피난민들을 냇가로 몰아넣었다. 처음에는 왜 그러는지 몰랐으나 알고 보니 길이

좁아 피난민들을 냇가로 돌아가게 하고 탱크를 지나가
게 하기 위해서였다.

머슴은 냇가를 따라 한참 가다가 돌연 방천 둑에 지
게를 받쳐놓더니 여덟째에게 황당한 말을 했다.

"여기서 기다리고 있으면 누군가 데리러 올 거다."

그리곤 어디론지 가 버렸다.

여덟째는 기다리고 기다려도 아무도 오지 않자 지게
를 내 버려둔 채 고모집이 있는 언시를 향해 길을 되돌
렸다. 좁은 신작로를 따라가는데 탱크가 달려 와서 길을
걸을 수 없게 되자 논둑으로 올라서서 지나가기를 기다
리고 있었다.

아버지는 소식을 듣고 달려왔다가 지게만 있는 것을
보고 여덟째를 찾아서 되돌아오다가 논둑에 서 있는 아
들을 만났다. 한 발만 늦었다면 전쟁고아가 될 뻔했다.

아버지는 언시로 돌아오자 여자와 어린 아이들만 폐
광에 남겨 두고 남자들만 데리고 새벽에 피난을 갔다.

오후 늦게 선산을 거쳐 낙동강에 이르렀다.

아버지는 막상 강을 건너려고 하는데 폭격이 심해 강
을 건너가지 못하고 되돌아와서는 식구들을 오래된 폐
광에 몰아넣고 주먹밥을 먹게 하면서 바깥에는 얼씬도

못하게 했다.

소금으로 간을 한 주먹밥만 먹고 며칠을 보내던 하루였다. 아버지는 맏이가 고향에 왔을지도 모른다는 생각이 문득 떠오르자 갑작스레 이른 새벽에 가족을 데리고 살던 고향 집으로 돌아왔다.

마당으로 들어서서 보니 피난민들이 자고 갔는지 엉망이 되어 있었다. 두엄에 소를 매어 놓았는지 항아리 뚜껑이 깨져 된장은 소똥이 덜어내고 먹어야 했고 간장에는 소똥이 둥둥 떠 있어 건져내고 가마솥에 부어 종일 달이느라고 엄마만 생고생을 해야 했다.

불안한 하루하루가 지나갔다.

그러던 하루였다.

맏이가 집으로 불쑥 들어섰다. 맏이는 서울에서 걷고 걸어 이레 만에 고향에 도착했던 것이다.

맏이는 가족들이 피난 가고 없으면 어떻게 하나 하고 걱정을 했었는데 가족들과 상봉하게 되었으니 죽었던 사람을 다시 만나 듯 얼마나 반가워했는지 모른다.

엄마가 가장 소중하게 아낀 것이 비단 50필이었다. 그랬으니 피난 갈 때도 머슴에게 지워서 가지고 갔었다.

엄마는 피난을 갔다 와서도 비단 50필을 안방 장롱에

넣어 고이고이 간수해 뒀다.

엄마가 애지중지하는 비단을 아버지는 돈이 궁하면 시도 때도 없이 팔아서 쓰려고 엄마를 윽박질렀다.

엄마는 못 팔게 하느라고 아버지와 싸움 싸움하면서 비단 50필을 아버지 눈에 띄지 않는 곳에 숨긴다는 것이 두지에 감췄는데 그런 비단을 그만 하룻밤에 도둑을 맞고 말았다.

'도둑을 맞으려면 짖던 개도 짖지 않는다'는 옛말이 있듯이 도둑이 들어 비단 50필을 몽땅 가져갔다.

아버지는 비단 50필을 몽땅 도둑맞았다고 해서 두고 두고 엄마에게 윽박지르며 행패를 부렸다.

"하필이면 사람이 자지 않는 두지에다 비단을 숨겨?"

"눈에 띄면 팔려고 하니까 숨겼지, 왜 숨겨?"

"그래 잘 했어, 이 무지랭이 년아."

아버지는 화낼 일도 아닌데 공연히 화를 냈다.

그리고 화를 냈다 하면 만만한 엄마에게 몽둥이고 뭐고 할 것 없이 눈에 띄는 대로 집어 던지곤 했다.

그렇게 아끼던 비단 50필을 도둑맞았으니 아버지보다도 엄마 속이 몇 배나 더 탔을 텐데도.

그 뒤로 엄마는 혼사를 치를 때마다 비단 몇 필을 함

에 넣어주지 못해 두고두고 아쉬워했고 아버지를 원망
하곤 했다.

고향에는 인민군이 물러갔지만 지금도 북쪽에서는
치열한 전쟁을 하고 있는 10월 말쯤이었다.

맏이는 집에 온 지 얼마 되지도 않아 고등하교 교사
로 취직이 되어 S읍으로 갔다. 맏이는 전쟁이 나기 전에
결혼을 했었는데 신부가 친정에 다니러 간 사이, 전쟁이
나서 오도 가도 못해 둘째 누나가 따라가서 맏이의 뒷바
라지를 해 주며 중학교를 다녔다.

12월 초순, 둘째 누나가 집으로 들어서는 순간부터
또 집안은 발칵 뒤집혔다. 육십 리를 달리다시피하며 걸
어온 둘째 누나는 숨이 차서 말도 제대로 잇지 못했다.

"오, 오늘 새벽에 오, 오빠가 경찰에게 잡혀갔어요."

아버지에게는 청천벽력과 같은 소리였을 것이다.

"뭐, 어쩌고 어째? 이 빌어먹을 년아!"

아버지는 언제 어디서 찾아 들었는지는 모르겠으나
몽둥이를 들고 달려들자 둘째 누나는 담을 넘어 도망을
쳤다. 둘째 누나가 도망친 사이, 안방에 있던 장롱이 마
당에서 놀아나며 박살이 났다.

어디 그뿐만이 아니었다.

아버지는 눈에 띄는 살림살이란 살림살이는 마당에다 내동댕이쳐댔던 것이다.

아버지는 맏이에게 하찮은 일이라도 생겼다 하면 머리가 갑자기 어떻게 팽 하고 되는 모양이었다.

아버지는 불행한 일을 보거나 마을에 하찮은 일이라도 생기면 발 벗고 나서서 도와줬다.

그런 탓으로 동네 사람들에게는 더 없이 좋은 동네 아저씨로 소문이 났는데도 집안 일만 하려 들면 굶주려 으르렁대는 늑대처럼 식구들을 들들, 달달 볶았으며 하찮은 일이라도 터졌다 하면 사태를 수습하려 들기는커녕 식구들을 이 잡듯이 했다.

이번 일도 아버지는 어떻게든 손을 써서 사태를 원만하게 수습하려고 할 생각은 하지 않은 채 애꿎은 식구들을 상대로 있는 화, 없는 성화까지 끓이는 것이었다.

맏이가 끌려간 것은 그럴만한 이유가 있었다.

한창 전쟁 중인데도 이승만 정부에서는 교사는 국가 기간요원으로 징집하지 않았는데도 경찰에 잡혀 갔으니 맏이 쪽에 문제가 있었던 것이 분명했다.

S고등학교는 경영문제로 두 파로 나뉘어 싸우고 있었다. 맏이는 젊은 혈기만 믿고 교장 편에 서지 않고 반대

편에 가담해 적극적으로 활동했으니 이를 괘씸하게 여긴 교장이 경찰서장에게 부탁해 맏이를 군 기피자로 몰아 잡아가게 했던 것이다.

당시 징집되어 가게 되면 기차나 트럭에 태워 가는 도중에 총 쏘는 것만 가르쳐주고 곧바로 전투에 투입했기 때문에 총알받이나 다름없었다.

해서 아버지가 그 난리를 친 것이었다.

다행히도 S군청에는 외삼촌이 근무하고 있었다.

외삼촌이 구미를 거쳐 포항까지 따라가 손을 쓰는 바람에 최전선으로 끌려가기 전에 빼낼 수 있었다.

맏이를 빼낸 것까지는 좋았다.

그러나 그해 농사 지어 거둔 벼를 몽땅 퍼내어 매상 가마니 쉰 개를 마련하느라고 이듬해 봄에는 온 식구가 삼 시 세 끼 죽만 먹고 살아야 했다.

아버지와 둘째 누나와는 전생 이래 악연이랄까. 시집가는 그날까지 악연이 이어졌다.

둘째 누나는 혼례 청에서 예쁘게 보이려고 했는지 알 수 없었으나 읍내 장날에 가 긴 머리를 싹둑 자르고 보글보글 파마를 했다. 파마를 하긴 했으나 집에 들어서면 아버지에게 들킬까 궁궁하다가 그만 들켜 버렸던 것이다.

당장 날벼락을 떨어졌다.

"저 년이 들어 집안 망신을 이렇게 시켜."

벼락치고 그런 벼락은 세상에 없었다.

작대기며 숫돌이며 눈에 닿는 대로 집어 던지며 있는 성화, 없는 성화를 끓이었다. 말리던 엄마는 던지는 숫돌에 옆구리를 맞아 며칠이나 몸을 움직이지도 못했다.

아버지는 집안 분란을 일으키고도 화가 가라앉지 않았던지 사랑으로 들어가서는 안에서 문을 걸어 잠근 채 사흘이나 바깥에 나오지 않았다. 그런 행동이 딸 시집보내는 아버지 특유의 의식인지 모르겠으나 혼인날이 닥쳐서야 그것도 양반 체면 차린다고 어쩔 수 없이 문을 따고 나와서 혼례를 치르기는 했다.

초례청에 서 있는 둘째 누나의 참한 얼굴이 화나고 상한 표정이 되어 잔뜩 굳어 있어서였을까.

이를 본 여덟째는 눈물을 글썽이기까지 했다.

맏이

맏이가 대학을 다니다가 방학도 아닌데 시간이 있었
든지 고향에 내려왔다. 그런데 맏이는 여덟째를 보고 대
뜸 돈을 주겠다고 하지 않는가.

"돈 좀 줄까? 얼마만 주면 되겠니?"

여덟째는 아직 어려서 숫자 개념이 없었다. 100이라
면 굉장한 것인 줄만 아는 어리숙한 소년이었다.

"나 100환만 줘라. 아버지 몰래 사탕이나 사 먹게."

"너는 그래, 기껏해야 100환만 달라는 거니?"

"내게는 100환이라도 큰돈인 걸."

맏이는 세 배나 많은 300환을 주었다.

여덟째는 이 동네 저 동네 돌아다니는 도붓장수에게
100환 가지고는 눈깔사탕 하나밖에 살 수 없다는 것을
알았을 때, 더 달라고 하지 않은 것이 후회가 되곤 했다.

여덟째가 맏이에 대한 가장 뚜렷한 기억으로는 콩서
리를 한 것이라고 할 수 있다.

하루는 맏이가 심심했던지 여덟째를 꼬드겼다.

"여덟째야, 우리 콩서리나 해서 먹을까?"

“심심하던 차 잘 됐다, 형아야.”

여덟째는 얼씨구나 하고 신바람이 나서 맏이가 시키는 대로 뭐든지 다했다.

콩서리를 하자고 했던 맏이는 손끝도 까닥 하지 않은 채 나무 그늘에 누워 여덟째에게 시키기만 했다.

“여덟째야, 잘 영근 콩부터 좀 뽑아 올래?”

“그래. 형아는 그냥 여기 있어.”

여덟째는 남의 콩밭으로 살금살금 기어들어가 콩을 포기째 뽑아왔다.

“여덟째야, 또 땔감도 주워 올래?”

“응, 좋아. 내 또 주워 오지 뭐.”

여덟째는 시키는 대로 마른 풀과 나뭇가지를 주워서는 불을 피우고 콩을 그을기 시작했다.

콩 포기를 이리저리 돌리자 줄기에 달린 콩은 떨어지기도 하고 매달린 채 익기도 했다.

어느 정도 콩이 그을려지자 타고 있는 불을 끄고 땅에 떨어진 콩알부터 주워 먹기 시작했다.

여덟째는 허겁지겁 주워 먹느라고 손이며 얼굴은 깜둥이가 되다시피 했다. 떨어진 콩을 주워 먹는 데만 정신이 팔려 있었는데 맏이는 콩이 반이나 달린 포기를 슬그머니 거머쥐더니 산속으로 달아나는 것이 아닌가.

여덟째는 돌멩이를 주워 들고 맏이를 찾아 오후 내내 산속을 헤매어 다녔으니 잊혀질 리 없었다.

여덟째가 장기를 두게 된 것은 맏이 때문이었다.

맏이는 남다른 손재간을 가지고 태어났다.

그림을 그려 화투를 손수 만들기도 했는데 장에서 산 것보다도 그림이 더 선명했을 정도로 재주가 뛰어났다.

맏이는 뒷산으로 가 고염나무 가지를 베었다.

졸을 만들 가지, 차며 포를 만들 가지, 장군을 만들 가지를 따로따로 베어 크기 따라 잘랐다.

자른 다음, 칼로 매끈하게 다듬어서 글씨를 쓰고, 쓴 글씨대로 끌로 팠다. 그렇게 만든 장기는 장에서 산 것보다 몇 배 더 매끈했다.

여덟째는 맏이가 장기 두는 것을 어깨 너머로 보고 졸이며 상, 마며 포, 차란 한자를 익혔으며 얼마 가지 않아 두기까지 했다.

여덟째가 장기를 두기 시작한 지 한 달도 못돼 맏이와 둬도 지지 않았으며 결정적인 순간에 장군을 불러 움쩍도 못하게 했다.

그러면 맏이는 한 수 물러달라고 통사정을 했다.

“여덟째야, 이번 한 수만 물러줘라.”

여덟째는 자랑스럽게도 “안돼요.” 하고 큰소리로 거절했다.

“물러주지 않으면 다음부터 두지 않을 거야.”

여덟째는 장기를 두지 못할까 그것이 걱정이 되어 한 수 물러줬다.

“이번 수만이야 다음부터 물러달라고 하지 마.”

여덟째가 순순히 한 수 물러주고 나면 이번에는 상황이 역전되어 되레 맏이에게 죽는 시늉까지 했다.

“형, 나 한 수만 물러줘라.”

“물러줄 수 없어. 물러주면 내가 지니까.”

“난 조금 전에 물러줬잖아.”

“그래도 못 물러줘, 내가 지는데 어떻게 물러줘?”

“조금 전에 난 물러줬는데도?”

“그렇다고 해도 못 물러줘.”

“형이 돼서 한 수 물러주지도 않아.”

“그래도 물러줄 수가 없어.”

“나, 앞으로 형하고는 절대로 장기 안 둘 테야.”

“나도 앞으로 너하고 장기를 두나 봐라.”

“형아는 정말 쩨쩨하다.”

"니가 되레 쩨쩨하면서 뭘."

물러달라고 하고 아니된다고 옥신각신 다투다가 누가 먼저라고 할 것도 없이 장기판을 엎어 버렸다.

여덟째는 화가 치솟아 돌을 주워들고 하루 종일 맏이를 따라다니면서 땡깡을 부린 적도 있었다.

서울에서 대학을 다니던 맏이는 장가를 든다고 내려왔다. 장가를 들려가더니 3일 만에 형수를 신행해 왔다. 형수는 신행 올 때 이바지 음식을 많이 해왔다.

그 중에서도 여덟째가 탐을 낸 것은 엿이었다.

처음은 여덟째도 엿을 먹고 싶은 대로 마음껏 가져다 먹을 수 있었으나 며칠이 못가 곶감 꼬지에서 곶감 빼먹듯이 고리짝에 담아 둔 엿은 곧 바닥을 드러냈다.

그런데도 형과 형수가 자는 건넛방에서는 밤이면 엿을 먹는 소리가 여덟째의 귀에 들리곤 했다.

이를 듣고 여덟째가 그냥 있을 리 없었다.

무작정 건넛방으로 건너가 맏이와 형수 사이를 비집고 누워 버린다.

"너 왜 또 왔어? 엄마한테 가거라."

"숨겨둔 엿을 좀 주면 가지."

"엿이 어디 있다고 비집고 누워서 생떼를 써?"

"조금 전까지 형은 먹었잖아."

"찾아 봐라. 어디에 엿이 있나."

"조금 전에 엿 먹는 소리를 들었다는데도?"

맏이마저도 여덟째의 생떼와 고집을 알고 있었으나 역증을 내거나 매로 해결할 수가 없었다. 없는 엿이라도 만들어서 달래거나 관심을 다른 곳으로 돌릴 수밖에.

엿이 떨어진 뒤로는 엿 달라고 땡깡을 부리면 형수는 옛날 이야기를 들려줘서 잠이 들면 안방으로 옮겨 눕히곤 했다. 이때부터 여덟째는 이야기 듣는 것을 좋아하는 버릇이 생겼는지도 모른다.

심심하면 이야기를 해 달라고 형수에게 졸라대곤 했다.

"아지매야, 이야기 한 자루 해 줘라."

"도련님, 저라고 해서 무슨 할 이야기가 그리 많겠어요. 밤마다 이야기해 달라고 조르면 어떻게 제가 해요."

"그러면 오늘 밤은 한 자루만. 아지매야."

그러면서 이야기 보따리를 풀었다.

여덟째는 형수에게 이야기를 듣지 못하면 마실 오는 사람들에게 울며 보채어 이야기를 듣곤 했었다.

해서 세상 없어도 세 자루는 들어야 잠이 들었다.

여덟째는 뜸을 드리면 재촉하기를 "그래서요? 그 다름

은요? 그래, 어떻게 되었어요?" 하고 계속되는 궁금증에 안달득달 해댔던 것이다.

뭐 하나 가지고 놀 것이 없는 여덟째에게 긴긴 겨울밤에 듣는 옛날이야기는 바로 마법의 세계였다.

춘향이 태형 맞으며 아뢰는 대목에서는 손에 땀을 한 움큼씩 쥐고 안타까워 몸부림쳤고, 이 도령이 암행어사가 되어 내려와서 변 학도를 척결하고 춘향을 구출할 때는 통쾌하다 못해 암행어사가 되기도 했다.

누명 쓴 장화가 자결을 각오하고 원한을 하늘에 아뢰는 대목에서는 한숨을 토해냈으며 흥부가 대신 매 맞는 대목에서는 배꼽을 쥐고 웃기도 했다.

길동이 활빈당 당수가 되어 조선 팔도를 유린하며 활동할 때는 길동이 되기도 했다.

여덟째는 이야기를 듣다 잠이 들면 이야기를 마음대로 늘이고 줄이는 꿈까지 꿨을 정도였다.

그런 탓으로 나중 커서 소설가가 되었는지도 모른다.

겨울이면 땔감이 부족해 물을 데워 세수를 할 수도 없었고 목욕을 한다는 것은 상상도 할 수 없었다.

목욕을 할 수 있는 유일한 기회라곤 설 무렵, 가마솥에 물을 데워 씻는 것이 고작이었다.

여덟째는 하루 종일 맨발로 산이고 들이고 쏘다니며 놀아서 흙먼지를 뒤집어쓰기가 일쑤였고 집에 돌아오면 피곤해서 저녁을 먹다가도 그 자리에 꼬꾸라져 잠이 들었으니 자기 전에 세수를 한다거나 손발을 씻는다는 것은 생각지도 못했다.

그런 탓인지 모르겠으나 '머리에 쇠똥도 벗겨지지 않은 것'이라는 속담이 그냥 생긴 것은 아닐 것이다.

여덟째는 때가 덕지덕지 끼어 까마귀가 사촌 하자고 달려들 정도였다. 씻지 않은 손과 발은 때가 덕지덕지 매달리다 못해 튼 데다 떡떡 갈라져 있었던 것이다.

해서 세수를 시키려고 물이라도 묻히면 따갑다고 땡깡을 부리며 울어대곤 해서 누구도 씻어줄 수 없었다.

그런 생떼 때문인지 누나가 셋이 있는데도 튼 손을 씻어 주려고 하거나 때를 밀어 주려고 하지 않았다.

이를 두고 보다 못한 형수는 부엌일을 끝내고 물을 데워 대야에 담아 방으로 가져와서는 달랬다.

"도련님, 내가 씻어 줄 테니까, 물에 손을 담가요."

형수는 때가 덕지덕지한 데다 터서 피가 맺혀 있는 여덟째의 손을 잡고 더운 물에 담갔다.

엄마나 누나나 씻어 주려고 했다면 막무가내로 씻지

않으려고 했겠지만 갓 시집온 형수에게만은 고분고분 말을 듣다 가도 그 성깔 어디로 갈까.

여덟째는 손을 담그자마자 튼 손이 얼마나 따가웠던지 있는 성깔, 없는 성깔을 부리기 시작했다.

형수에게 욕은 못하고 '이씨'만 연신 뱉어냈다.

"이씨, 따가워. 이 씨팔, 나 손 안 씻을래."

"도련님, 조금만 참아 봐요. 이렇게 고생해서 한번 씻고 나면 그 다음부터는 조금도 따갑지 않을 겁니다."

"이씨, 그래도 나, 안 씻을래."

형수는 막무가내로 땡깡을 부리는데도 얼굴 한번 찌푸리지 않고 손을 씻어 주었고 어렵사리 손을 씻어주고는 손 튼 데 바르는 맨소래담을 발라 주기까지 했다.

며칠이 지나지 않아서였다.

여덟째의 튼 손은 형수의 말처럼 거짓말같이 깨끗이 나은 뒤로는 손발을 씻어도 따갑지 않았다.

이를 두고 형수는 명절 때 만나면 농담 삼아 말했다.

"삼촌 어릴 때 일 기억나요? 손 씻어주려다 따갑다고 욕을 해서 제가 얼마나 당황했던지."

어른이 된 여덟째는 형수가 어린 조카나 질부들 앞에서 그때 일을 두고 흉을 보면 홍당무가 되곤 했다.

울 엄마 불쌍해서 어떻게

여덟째는 세상에 없는 엄마, 엄마를 얼마나 좋아하고 사랑했는지 상상도 할 수 없었다.

겉으로는 엄마를 힘들게 하고 사사건건 괴롭혔지만 속으로는 좋아하다 못해 너무너무 사랑했다.

엄마는 거칠고 드센 엄마 밑에서 일만 하다가 열일곱에 세 살이나 적은 열네 살 난 아버지와 결혼을 했다.

엄마는 시집에 발을 들여놓으면서부터 '고추 당초 맵다 한들 시집살이보다 더 매울까' 전래 동요처럼 층층시하에서 고달픈 시집살이를 했던 것이다.

살 세고 힘이 장사인 데다 골보인 시할머니가 손자며느리가 마음에 들지 않으면 머리카락을 움켜쥐고 흔들어대면 엄마의 머리카락이 한 움큼 빠지기 일쑤였다.

시아버지는 어머니와 며느리 사이에서 어느 쪽도 편들지 못해 장에 가서 술을 먹고 집에 들어섰다 하면, 마루 판자를 뜯어놓고 며느리에게 놓으라, 뜯어내라 하면서 술주정을 하곤 했던 것이다.

"며늘 아가야, 너 이리 좀 급히 오너라."

"네. 시킬 일이 있으시면 뭐든지 시키셔요."

"이 판자를 원래대로 짜 맞춰 놓거라."

처음에는 엄마도 무슨 영문인지 몰라 당황했다.

"아버님, 무슨 말씀인지요?"

"귀 먹었어? 원래대로 맞추라는 데도."

"아, 네, 아버님. 알겠습니다."

엄마는 영문도 모른 채 시키는 대로 다 짜 맞췄다.

"다 맞췄으면 다시 뜯어 내거라."

"네, 아버님. 무슨 뜻인지 못 알아듣겠습니다."

"다시 뜯어내라는 데도 그러고 서 있어?"

"세상에 아버님도 참…"

"내 말 안 들려?"

"네, 아버님. 시키는 대로 하겠습니다."

시아버지는 매사가 이런 식이었다.

엄마는 시아버지가 술을 깰 때까지 몇 번이나 뜯고, 뜯었다가 또 짜 맞추기를 되풀이해야 했다.

그렇다고 남편이 아껴주는 것도 아니었다. 살 세고 힘은 장사인데다 오냐오냐 하고 키워 성질을 죽여 본 적이 없이 자란 탓인지 집에서 일이라도 하게 되면 하루가 멀다 하고 있는 성질, 없는 성깔을 부려 괴롭혔다.

위안이라고 한다면 시어머니가 순하고 착해 시집살이를 시키지 않은 것만 유일한 버팀목이었다.

시할머니는 손자며느리에게 시집살이를 시키곤 해서 두 살 터울로 아들딸 열을 낳았는데도 엄마는 시할머니, 시아버지 눈치가 보여 마음 놓고 안아주지도 못했다.

흠 잡을 데 없는 손자며느리가 뭐 그리 못마땅해 심술을 부리는지 밥 먹는 것을 보고도 투정하기 일쑤였다.

"먹고 애만 내질렀으니 밥도 잘 넘어가지."

뿐만 아니라 엄마는 열 두엇 식구 먹이고 입히느라고 손에 물마를 날 없었고 밤잠 한번 마음 놓고 잔 적이 없었다. 농번기로는 삼 시 세 끼 밥을 해다 나른 것은 말할 것도 없었고 두 끼 새참까지 해서 이고 날랐다.

그러면서 밭으로, 들로 나가 힘든 농사일까지 거들어야 했으니 몸이 열 개라도 부족했다.

엄마가 점심이나 새참을 내오는 것이 좀 늦기라도 하면 아버지는 광주리를 받아주기는커녕 "이 빌어먹을 것이 굼벵이처럼 늘어 터져서는…" 하고 온갖 욕설과 갖은 인상을 써대곤 했다.

엄마가 한 마디 대꾸라도 하면 밥을 담은 광주리가 논바닥에서 춤추기 일쑤, 새로 밥을 지어 내 와야 했다.

여름으로는 삼을 삼아 베를 짜거나 누에를 쳐 실을 뽑아서는 베틀에 올려 비단을 짰다.

겨울로는 타둔 솜을 물레질을 해 실을 뽑아서는 베를 짜야 했으며 낮에는 베를 짜고 밤으로는 삼베옷, 무명옷, 비단옷을 만드느라고 잠도 자지 못했다.

게다가 가족들 옷을 빨아 말려서 손질하거나 헤진 곳은 깁기도 했다. 양말이며 버선은 왜 그렇게 잘 떨어지는지 깁고 깁다 보면 날이 새기 일쑤였다.

엄마는 나이롱 양말이 나오기 전까지 밤잠을 설치면서 헤진 곳을 꿰매느라고 갖은 고생을 했다.

엄마는 밤잠까지 설쳐가며 하는 힘든 일은 참고 견딜 수 있었으나 시할머니나 시아버지의 시집살이보다도 남편의 시집살이가 얼마나 한이 되었으면 아버지가 돌아가신 뒤에도 누가 들으라고 하는 소리는 아니면서 혼자 중얼거리곤 했다.

"저 영감탱이, 저 영감탱이…"

살을 섞어 열 자식을 낳은 남편에 대해 한이 얼마나 맺혔으면 아버지가 돌아가신 지 오래인데도 그런 말을 두고두고 하는지 여덟째는 나중에야 이해할 수 있었다.

엄마는 몰래 달아날까 생각한 것만도 한 달에도 서너

차례나 된다면서 한숨을 내쉬었다.

여덟째가 생떼라도 써면 매 한 대 대지 않고 달랬다.

"니가 속 썩이지 않아도 내 속 다 썩어. 살 세고 더신 부모 만나서 배우지 못해 참고 견뎠지, 내가 배웠다면 옛날에 도망을 쳐도 쳤어. 그리고 배웠다면 책으로 엮으면 스물 권도 넘을 게야."

엄마는 여덟째를 한결같이 응석으로만 받아들이었으니 그 속 얼마나 타고 탔는지는 아무도 모른다.

엄마는 가끔 여덟째에게 이렇게 말하기도 했다.

"내 가슴 속에는 주먹만한 멍울이 휘젓고 돌아다니면서 때로는 쑤시고 또 때로는 가슴을 쿵쿵 쥐어박곤 해서 잠을 자지 못해 뜬눈으로 밤을 지새우기 일쑤야."

그런데도 엄마는 열 자식 낳아 일곱을 키우면서도 매를 대거나 뺨 한 차례 때린 적이 없었다.

골을 부리거나 땡깡을 부리면 부리는 대로 달랬지 '이놈이니' 하는 말은 입에 담지도 않았다.

"너 아니라도 가슴을 쥐어박아. 그러니 그만 해."라가 고작이었다.

그랬는데도 여덟째는 그 뜻을 알지 못했다.

이런 점에서 본다면 바로 7, 80대 세대가 가장 불쌍한 엄마라고 할 수 있을 것이다.

층층시하로 시집살이는 물론이고 민며느리처럼 집안 일, 들일을 해야 했으니까. 그리고 이제 시집살이를 면할까 했었는데 시대가 바뀌어 며느리에게 되레 눈치 코치나 보는 며느리 시집살이를 한 세대였으니.

이런 엄마를 둔 여덟째는 겉으로는 엄마를 괴롭히는 불효를 저질렀으나 속으로는 엄마를 불쌍하게 생각해 잘 해 드리려고 했다. 어려운 일이 있으면 엄마를 생각하면서 참고 견뎌냈다.

어느 시인은 자기를 키운 것은 8할이 바람이라고 했으나 여덟째가 박사를 취득해 교수가 된 것은 모두 엄마의 힘이었다.

그렇다고 엄마가 이래라 저래라 하고 잔소리를 하거나 가르침을 주신 것도 아니었다.

그저 곁에서 말없이 지켜보는 것만으로도 그 어떤 엄마의 가르침보다도 힘이 되고 위안이 되었다.

철이 이른 해는 묵은 곡식도 없고 햇곡식은 거두지 못해 추석 차례를 차릴 수 없어 중양절에 지내기도 했다.

여덟째가 일곱 살 드는 해였다.

바로 중양절을 이틀 앞 둔 오후나절이었다. 아버지는

타작을 하기 위해 논에서 벼를 지고 와서 마당에다 부리
고 또 벼를 지러 들로 가곤 했다.

아버지가 들로 나간 틈을 타 엄마가 귀띔했다.

"예야, 삭혀서 차례에 쓰게 감 좀 따거라."

그러자 여덟째는 신이 났다. 나무타기 재주라면 원숭
이에게 결코 뒤지지 않았으니까.

뒷마당에는 할아버지의 아버지 적에 심은 오래 된 감
나무 두 그루가 있었다.

감이 많이 달릴 때는 곶감을 두 동이나 깎아 매달았
을 정도였으며 고목이라 맛도 달고 크기도 컸다.

어른들이 감을 딸 때는 가지 끝에 달린 감을 손으로
딸 수 없어 대나무 장대로 땄으나 여덟째는 원숭이처럼
나무를 잘 타기 때문에 어른 키 서너 길 높이의 감나무
가지 끝까지 가서 손으로 감을 따 다래끼에 담았다.

여덟째는 따던 가지의 감을 다 따고 다른 가지로 이
동하려고 발을 옮겨 딛는 순간이었다.

아뿔싸! 그만 땅으로 떨어지고 말았던 것이다.

여덟째는 가슴에서 딱 하는 소리가 나면서 숨도 제대
로 쉬지 못했고 울려고 해도 울음조차 나오지 않았다.

이를 보고 달려온 엄마는 사색이 되어 달랬다.

“니 애비 알면 세상에 없는 벼락 떨어지니까, 울지 마라. 다행히 짚단에 떨어져 이만한 게 망정이지.”

엄마가 되레 눈물을 쏟았다. 여덟째는 엄마의 말이 아니더라도 아버지가 무서워 울면 아픔이 덜할 것도 같았으나 죽으라 하고 울음을 참았다.

엄마는 이런 아버지를 원망하곤 했다.

“저 영감탱이 인정머리 없기는. 자식을 낳지 못해 애를 태워 봐야 자식 귀한 줄을 알지.” 하고.

인륜의 멍에에 매이어 홀로 앉다가 서다가
끓는 속 무던히 태우고 태우다 못해 씻어 버려도
서러운 정 붙일 데 없어 무지개 허리를 휘감는
노을 같은 무게로 살다가 가신 어머니

봄여름 지나 이 가을에 이슬 머금은 국화처럼
외롭고 피로운 밤마다 주고 줬는데도
준 것이 없다고 오월의 화사한 햇살 안고
이리저리 뛰며 아스라한 은빛 길을 달리신 어머니

닭이 새벽을 향해 홰를 치듯 여인의 지고한 생애가
수많은 밤을 하얗게 사위어 못난 아들의 가슴에

밤하늘의 별과 같은 구원한 꿈과 희망을 주시고
생을 조용히 마감하신 어머니
시 「어머니」에서

처음 학교 가던 날

여덟째가 처음 초등학교에 입학한 해는 6.25 전쟁이
난 이듬해 4월(당시 학제는 1학기가 4월에 시작)이었다.
고향에는 인민군이 쫓겨갔기 때문에 전쟁 중인 줄을 몰
랐으나 38선 부근에서는 전투가 한창 치열하게 계속되
고 있을 무렵이었다.

여덟째가 입학하는데 준비한 것이라곤 없었다. 입학
식을 하는 날, 다만 아버지를 따라가는 것뿐.

지금 아이들 같으면 유치원에 가기 전부터 영어학원
이니, 브레인 스쿨이니, 미술학원이니, 피아노 학원이
니, 태권도 학원이니 하며 1주일에 서너 군데 이상 학원
을 다니는 것도 부족해서 선생님을 집으로 오게 해서 1
대1 개인지도를 받기까지 하지 않는가.

그에 비해 당시는 학원 같은 것은 있지도 않았다.

여덟째는 입학할 나이가 지났는데도 엄마는 글을 모르니 여덟째에게 한글을 깨우쳐줄 수 없다고 하더라도 학교에 다니는 누나가 있고 형이 있는데도 읽기 쓰기나 셈 하는 것을 가르쳐주지 않았다. 오직 집에 나이로 아홉 살이 되도록 아버지가 시키는 대로 일만 따라했지 1, 2, 3이라는 단순한 숫자마저 쓸 줄 몰랐고 ㄱ, ㄴ은 무엇을 뜻하는지조차 몰랐다.

하고 한 날 일을 하거나 놀기만 하다가 학교에 갔으니 글은 읽을 줄도, 쓸 줄도 모를 수밖에.

학교가 있는 장터까지는 십리 길이었다.

마을을 나서 논둑길을 걸어서 신작로, 신작로 따라 3km쯤 가야 학교가 있었다.

여덟째는 신작로로 들어서서 가다가 군 트럭이 폭격을 당해 파괴된 채 군데군데 처박혀 있는 것을 보고 이곳에서도 싸움이 있었다는 것을 지레 짐작할 수 있었다.

아버지는 학교에 데려다만 주고는 입학식도 보지 않은 채 볼 일 보러 가서 여덟째는 혼자 남게 되었다.

입학식이 끝나자 담임선생님이 아이들을 모아놓고 이름을 일일이 물어 출석부에 적었다.

여덟째 차례가 되었다. 다른 애들은 잘도 대답하는데 여덟째는 이름 하나도 제대로 대지 못해 쩔쩔 맸다.

"넌 이름을 뭐라고 하니?"

"여덟째라고 해요."

"여덟째라니? 그런 이름도 있어. 그렇다면 성은?"

"그냥 여덟째라고 부른답니다."

"넌 성도, 이름도 모르는 아이구나. 내일 학교 올 때 성과 이름을 반드시 알아 가지고 오도록 해요."

"네, 선상님."

"선상님은 사투리이고, 선생님이라고 해야지."

"네, 선생님."

아이들이 까르르 하고 웃어댔다.

여덟째는 그만 얼굴이 고추잠자리 뺨칠 정도로 빨갛게 익었고 고개조차 들지 못했다.

여덟째는 "성은 김(金), 여덟 팔(八), 차례 제(第)" 하고 분명히 대답하지 못했는지, 열 살이 되어 초등학교에 입학을 했는데도 성이 김이라는 것조차 몰라 놀림감이 된 것이 두고두고 분하기만 했다.

이름조차 제대로 모른 것은 여덟째가 바보이든지, 가족들이 무관심해서일 것이다.

하물며 담임선생님이 칠판에 이름을 커다랗게 써 놓았는데도 이를 읽을 줄 몰라 담임선생님의 이름조차 모르고 1학기 동안 학교를 다녔을 정도였으니.

여덟째는 저녁을 먹으면서 말했다.

"선생님께서 아이들을 두 줄로 세워놓고 일일이 이름을 물었는데요, 제 이름을 묻기에 '여덟째'라고 했더니, '넌 이름도 모르고 학교에 왔어' 했답니다. 그리고 성도 물었답니다. 또 '여덟째'라고 대답했더니, '넌 성조차 모르다니, 참으로 한심하구나' 하시면서 '내일 등교할 때는 꼭 알아 가지고 오라'고 했어요. 그랬는데 전 이름을 대지 못해 첫날부터 아이들의 놀림감이 된 것만이 억울하고 분해서 견딜 수가 없었어요."

식사를 하시던 아버지는 버럭 역증을 냈다.

"형과 누나가 넷이나 학교에 다니면서 동생의 성과 이름 하나 제대로 가르쳐주지 않았다니…"

여덟째는 가족들의 무관심 속에서 성도 몰랐을 뿐 아니라 쓸 줄도 몰랐고 똑똑하지도, 깨이지 못한 이유가 있었다. 아홉 살이 되도록 여행은커녕 장터에도 한번 나가 본 적이 없었으니 어리석할 수밖에.

여덟째는 입학식 다음날부터 나이가 세 살이나 적은

장터 아이들이 조금만 건드리거나 때리기만 해도 지레 울거나, 싸움 한번 해 보지도 않고 지고 지내기 일쑤였다. 공부라도 잘한다면 얕잡아 보거나 함부로 대하지 않았을 텐데, 공부를 잘하는 것도, 운동을 잘하는 것도 아니었으며 뭐 하나 제대로 하는 것이 없었다.

그랬으니 장터 아이들에게 무시당하기 일쑤였다.

또한 아버지 따라 일을 하거나 일을 하지 않을 때는 동네 아이들과 노는 것 외는 특별한 재주가 없었으니 장터 아이들이 얕잡아 보거나 먹던 떡으로 상대했다.

여덟째는 집에서나 학교에서나 관심 밖의 아이, 따돌림을 받는 아이, 외톨이가 되어 학교를 다녔다.

책보를 어깨에 질끈 둘러매고 학교에 갔으며 학교에 가서도 책보는 끌러보지도 않은 채 수업이 끝나면 곧장 집으로 돌아오곤 했다.

집에 돌아와서도 책보는 방구석에 처박아둔 채 아버지 따라 들이나 밭으로 나가 일만 했다. 숙제라곤 한 적이, 예습, 복습도 한 적이 없었다. 더욱이 참고서나 노트는 사 본 적도 없으며 자연 공부와는 담을 쌓았다.

오직 혼나지 않기 위해 아버지를 따라다니면서 일하는 것 이외는.

아버지도 여덟째가 공부를 잘하기보다는 일하는 것을 더 좋아했으니까, 부자가 궁짝이 맞았다고 할까.

아버지는 상머슴을 두고 농사를 지었는데도 어린 여덟째를 데리고 다니면서 일을 시켰다.

아홉 살 먹은 아이가 일을 하면 얼마나 하는지 모르겠으나 놀기만 하고 밥만 축내는 꼴이 보기 싫어 데리고 다니며 일을 시켰는지도 모른다.

1학기가 끝나고 성적표를 받았다. 여덟째는 거의 모든 과목에 걸쳐 '가'였다. 다만 셈본만은 '미'일 뿐.

셈본이 '미'인 데는 이유가 있었다.

긴긴 겨울밤이면 마을 사람들은 마실을 가고 마실을 가서는 심심풀이로 화투를 쳤다. 화투치기 중에는 둘 이상 다섯까지 칠 수 있는 민화투치기, 둘이서만 치는 육백치기, 전문적인 노름인 '짓고땡', '구삐'라는 것도 있었으나 고스톱은 없었다.

사람들은 심심풀이로 화투를 치다가 재미가 없어지면 밤참 내기를 하면서 시간을 보냈다.

사랑방 남자들은 동전 따먹기 화투치기를 하다가 판이 커지면 노름이 되기도 하기 때문에 어른들은 아이들에게 아예 화투를 가지고 놀지도 못하게 했다.

여덟째는 어깨 너머로 화투 치는 것을 보고 배웠다.

예를 들면, '삼팔따라지(3+8=11)' 하거나 '삼팔 구(3+8+9=20)에 짓고 두 끗' 해서 끗발을 보고 이기고 지는 '짓고땡' 같은 것. '두 끗'은 나머지 화투 두 장을 합쳐(예로 8+4=12) 끝자리가 2이라는 뜻이었으니 셈본을 잘하는 것은 당연했다.

그런데 셈본을 '미'를 받은 것은 문제를 읽을 줄을 몰라 답을 어떻게 써야 할지 알 수 없었기 때문이었다.

여름 방학도 끝나고 2학기가 되어 등교하는 첫날이었다. 담임선생님께서 회충약을 나눠주면서 강조했다.

"집에 가서 반드시 저녁을 굶은 채 회충약을 먹도록 해요. 그리고 아침에 일어나는 즉시 대변을 보고 회충이 몇 마리나 나왔는지 세어서 오도록. 알아들었어요?"

아이들은 기어드는 소리로 "네." 하고 대답했다.

여덟째는 눈 똥을 뒤져 회충을 센다고 생각만 해도 얼굴이 찌푸려졌다.

지금은 회충약을 먹으면 완전히 소화되어 변으로 나와 셀 수도 없었으나 그때의 회충약은 살아 꿈틀거리면서 변에 섞어 항문 밖으로 꿈틀꿈틀 기어 나왔다.

여덟째는 십리나 되는 학교를 갔다 온 데다 집에 오

자마자 아버지 따라 일을 했기 때문에 배가 몹시 고팠다. 배에서 꼬르륵 하는 소리가 계속 났으니까.

그런데도 여덟째는 담임선생님이 무서워 저녁을 굶은 채 회충약만 먹었으니 밤새 배가 고파 선잠까지 자고 일어나는 길로 두엄 가에서 변을 보고 막대기로 뒤적이어 회충을 하나하나 셌다.

조회 시간에 담임선생님이 회충수를 조사했다.

"정직하게 손을 들도록. 먼저 열 마리 미만부터."

누구 하나 손을 드는 아이가 없었다.

"그러면 좋아요. 스무 마리 미만."

그제야 서로 눈치를 슬금슬금 보던 아이들 중에서 두엇이 손을 들었다.

그 속에는 여덟째도 포함되어 있었다.

"사십 마리에 오십 마리."

눈치를 보던 아이들이 열서너 명쯤 손을 들었다.

그러면 "육십에서 팔십까지 손을 들어 봐요." 하고 물었다. 예닐곱 아이가 손을 들었다.

"마지막으로 백 마리 이상 나온 사람 손들어 봐요."

그러자 세 명이 손을 들었다. 그런데 아이들은 아무렇지 않은 표정인데도 조사하던 담임선생만이 어눌한 표정을 지었다.

당시만 해도 회충을 가진 아이가 얼마나 많았으면 더러 횟배를 앓다가 죽었다는 소문이 돌기까지 했으니까.

그런 탓인지 나라에서는 1년에 두 번, 봄과 가을로 변을 가져오게 해서 검사를 하고, 검사 결과에 따라 회충약을 나눠줘서 복용시키고 회충수를 조사해 보고토록 했는지도 모른다.

나라나 개인이나 가난했던 시절이었다. 그렇다고 해서 호랑이 담배 피우던 시절은 분명 아니었다.

시인들은 봄이 오면 만물이 소생한다고 해서 희망찬 계절이라고 노래했으나 사람 사는 세상은 그렇지 않았다. 웬만한 집에서는 가을에 수확한 벼는 거덜이 나 버리고 보리를 수확할 때까지는 먹을 것이라곤 쑥뿌리를 캐서 멀근 죽을 쑤어 먹을 수밖에 없었다.

보릿고개란 말은 그냥 생겼을까.

대부분의 집에서는 세 끼 죽도 끓여 먹지 못해 누렇게 황달기가 끼기 일쑤였다.

지금 아이들 같으면 피자를 사 주거나, 자장면을 시켜주거나, 등심을 꾸어서는 먹여 주면서 먹으라, 먹으라 하고 사정해도 먹지 않아 엄마 속을 무던히도 태우는데.

여덟째라고 배가 고프지 않을 수 없었다.

군것질할 것이 없나 하고 부엌을 뒤지다가 아무것도 없으면 텃밭에서 상치를 뜯어다 씻지도 않은 채 밥도 없는 된장만으로 쌈을 싸 먹거나 풋고추를 따 된장에 찍어 먹기도 했다. 그것마저도 없으면 산으로, 밭으로, 들로 쏘다니며 먹을 것을 찾아다녔다.

칡뿌리를 캐어 씹고 다니며 허기를 달래기도 했고 빼기나 잔대를 캐어 먹기도 했다.

삐삐를 뽑아 겉은 벗겨내고 연한 속을 먹거나 진달래가 피면 꽃잎을 따 먹기도 했다. 찔레 순이 나면 한 주먹씩 꺾어서는 껍질을 벗겨 먹기도 하면서 배고픔을 달랬다.

씨를 받기 위해 남겨둔 남의 밭 배추 뿌리를 몰래 캐어 먹어나 피기 시작하는 배추 장다리나 유채꽃이며 무꽃을 꺾어 우걱우걱 먹다가 주인에게 들켜 도망을 치기도 했다. 소나무 껍질을 베껴서 껌처럼 씹고 다니거나 송화를 따서 먹으며 허기를 달래기도 했다.

감나무에 꽃이 떨어지면 꽃을 주워 먹기도 했으며 호두보다 작은 감이 떨어져도 주워 놓았다가 홍시가 되기를 기다리다 못해 떫은 감을 먹기도 했다. 보리가 패면 깜부기를 뽑아 먹다가 껌둥이가 되기도 했으며 옷에 검은 칠을 해 혼나기도 했다.

먹을 것이 오죽 없으면 설익은 보리를 베어 쪄서 말렸다가 방아를 찧었다. 보리를 찧을 때 생기는 초벌 겨까지 가는 치로 쳐서 개떡을 만들어 쪘다.

찐 개떡은 말똥처럼 시커먼 데도 아이들은 서로 많이 먹으려고 싸움 싸움했다.

보리가 익고 모내기철이 다가오면 바야흐로 완두콩이 여물어 간다. 밤으로 완두콩을 몰래 뽑아 와서 삶아 먹는 완두콩 서리는 둘이 먹다가 하나가 죽어도 모를 정도로 맛이 있었다.

지금 아이들이라면 컴퓨터 게임이나 레고, 시티, 토마스 시리즈 같은 장난감을 가지고 놀지 않는가.

여덟째가 가지고 노는 장난감은 손수 만들었다.

구슬치기는 돈을 주고 사야 했지만 그 외는 손수 만들어 놀았으니까.

팽이치기 놀이만 해도 그랬다. 일곱 살 나는 여덟째가 연장을 다룰 줄 몰랐다. 안다고 해도 솜씨가 서툴렀다.

네 살 위인 형보고 팽이를 만들어 달라고 생떼를 써도 만들어 주지 않아 직접 만들어야 했다.

건네는 삼촌이 과일 농사를 지었다.

늦가을이나 봄으로 과일나무를 전지했기 때문에 삼촌 집에는 전지한 나뭇가지가 많았다.

여덟째는 나뭇가지 하나를 가져올 생각으로 삼촌 집으로 가서 귀띔도 하지 않은 채 가지 하나를 끙끙 앓으면서 끌고 오다가 사촌 누나에게 들키고 말았다.

"말도 없이 남의 나무는 왜 가져가?"

"팽이 만들어서 놀려고."

"그래도 말을 하고 가져가야지."

"삼촌네 나무 하나 가져가는 것도 말을 해야 돼?"

"물론 해야지. 말 없이 가져가면 도둑이지."

"이 씨팔. 나뭇가지 하나 가지고."

"애 봐라. 두고두고 보자 하니, 욕까지 하네."

"그래 내가 욕했다. 어쩔 건데?"

여덟째는 빈손으로 돌아와서 톱을 찾아 가지고 뒷산으로 갔다. 가서는 소나무 가지 하나를 톱으로 베어 팽이를 만들다가 서툰 솜씨에 손을 여러 군데나 찔리거나 베기도 했다.

그렇게 해 모양은 매끄럽지 않았으나 팽이를 손수 만들어서 돌렸을 때는 하늘이라도 나는 기분이었다.

여름이면 공기놀이도 했으며 종이나 박스 같은 것으

로 딱지를 만들어 딱지치기도 했다.

마당에다 다섯 구멍을 파 놓고 구슬 집어넣기 놀이며 납작한 돌이나 사기 조각으로 튕겨서 간 거리만큼 땅을 차지하는 땅뺏기 놀이도 했으며 작은 돌멩이 다섯을 주워 공기놀이도 했다.

여덟째가 가장 좋아한 놀이는 제기차기였다.

제기도 직접 만들어서 찼다.

옛날 동전 구멍에 창호지를 끼어 넣고 단단히 묶어서는 몇 갈래로 찢어 만들었다.

여덟째가 제기차기를 하면 동네 형들이 혀를 내둘렀다. 찼다 하면 끝이 없었으니까.

오른발로 차다가 다리가 아프면 왼발로, 왼발이 아프면 오른발로 이렇게 자유자재로 발을 바꿔가며 차면 5백 번이고, 7백 번이고 한이 없었다.

여덟째는 제기차기를 하다 혼난 적이 있었다.

아버지가 일하러 가자고 누나를 보내 데리려 왔으나 제기차기에 푹 빠져 일하러 가지 않아서였다.

아버지는 몹시 화가 난 모양이었다.

아버지는 여덟째를 불러서 앉혀놓고 오뉴월에 벼락 치 듯 혼을 냈다.

"가서 싸리 매를 한 아름 해 오너라."

여덟째는 영을 거스를 수 없어 낫을 가지고 매를 하러 뒷산으로 갔다. 뒷산에는 싸리며 아카시아가 많았다.

여덟째는 아이가 놀 수도 있지, 좀 논 것 가지고 매를 해 오라는 아버지에 대해 심통을 부린다는 것이 싸리나무 매 대신, 아카시아 가지를 베어서는 가시째 아버지 앞에 한 아름 던지는 것이 고작이었다.

"자. 때리고 싶으면 실컷 때려요."

"지 애비 손 찔리라고 가시째 매를 해와?"

"가시 매로 때리면 더 아프니까."

여덟째는 뒤통수만 북북 긁으며 고소해 했다.

"허허 그놈 참… 기가 막혀 내 참."

아버지는 어이가 없었던지 매를 대지 않았다.

이런 일이 동네에 퍼졌다. 해서 여덟째는 '지 아버지 손 찔리라고 가시째 매 해 온 아이'라고 놀림감이 되곤 했으니 별난 구석이 있긴 있었다.

벼 타작을 하고 나면 농한기로 접어든다.

농한기가 되면 아버지는 땅심을 돋우기 위해 굼논에 모래갈이를 했다. 모래를 바소쿠리에 지고 가 논에다 붓다 보면 돌도 더러 딸려 들어갔다.

아버지는 모래를 져다 붓다가 장을 가게 되면 여덟째에게 밥만 먹고 노는 꼴이 보기 싫었든지 일을 시켰다.

"오늘 중으로 돌을 주워 한 곳에 모아 놓아."

여덟째는 돌을 주워 모아놓다가 아이들이 신나게 노는 것을 보고는 조금만 놀다가 돌을 주워 모으려고 했으나 노는데 정신이 팔려 돌을 주워 모아놓지 못했다.

장에서 술 한 잔을 해서 얼큰해진 아버지는 돌을 주워 모아놓지 않은 것을 보고 작대기를 들고 막무가내로 놀고 있는 여덟째에게 달려들었다.

"이 베라먹을 놈, 시키는 일은 하지 않고 놀기만 해."

여덟째는 산으로 달아나면서 한 마디 해댔다.

"영감탱이, 삶은 무시 못 먹을 때 봐여."

그 말은 못 들은 체하고 지나치면 좀 좋으련만 아버지는 분을 삭이지 못해 있는 화, 없는 화까지 끓이면서 화를 낸 데다 동네가 떠나가라 하고 버럭버럭 소리쳐댔다.

"너 같은 자식, 필요 없다. 당장 나가거라."

마침내 아버지는 여덟째를 따라가 붙잡아서 혼을 내지 못하자 헐레벌떡 집으로 달려갔다.

집안에 들어서자마자 여덟째의 책과 공책을 눈에 띄는 대로 마당에 들어다 내놓고 태웠다.

"저런 놈을 가르쳐 뭣해. 당장 학교를 때려 치워."

아버지는 책과 공책을 낱낱이 찢어 태우고도 분을 삭이지 못했는지 벼락 치는 소리까지 해댔다.

"내일부터는 학교 갈 생각은 아예 하지도 마라."

여덟째는 석 달이나 학교에 가지 못하다가 서울에서 맏이가 내려와 아버지를 설득해서야 학교에 다닐 수 있게 되었던 것이다.

여덟째가 대학까지 다니게 된 것은 맏이 때문이다.

댕기머리 선생님

4월이 되자 2학년 새 학기가 시작되었다.

여덟째는 학교 다니는데 재미를 붙이지 못해 학교 가기를 싫어했으며 게으름을 피웠다. 게다가 밤이 짧은 봄, 춘곤증으로 늦잠 자기 일쑤였다.

여덟째는 엄마나 누나들이 학교 늦는다고 깨워도 일어나지 않고 미니락내미락하다가 마지못해 일어나서는 고양이 세수하듯 눈곱만 떼고 밥상 앞에 앉았으니 밥맛이 있을 리 없었다.

여덟째는 아침밥은 입에 대지도 않은 채 책보를 어깨에 질끈 동여매고 학교를 향해 달려갔다.

여덟째는 운동장에서 전체 조회를 하고 배정된 교실로 들어가 어떤 선생님이 담임으로 올까 기다렸다.

다른 아이들은 어느 선생님이 담임으로 오든 관심도 없다는 듯이 삼삼오오 모여 떠들어대기만 했다.

시간이 얼마나 흘렀는지 모른다. 오랜 뒤에서야 교실 앞문이 드르륵 하고 열리더니 담임선생님이 들어서는 것이 아닌가. 이때만은 아이들도 조용해졌다.

왜 아이들이 갑자기 조용해졌을까? 무섭기로 소문난 선생님이 담임선생님으로 부임했기 때문일까?

아니었다. 새로 담임을 맡은 분은 바로 여자 선생님, 눈이 휘둥그레질 정도로 예쁜, 이번에 우리 학교에 처음 부임한 댕기머리 선생님이기 때문이었다.

운동장 조회 때 교장 선생님께서 새로 부임한 선생님을 한 분 한 분 연단에 오르게 해서 약력을 소개했다.

"여러분, 이제 끝으로 사범학교를 갓 졸업하고 우리 학교에 첫 부임한 선생님 한 분을 소개하겠습니다."

그러자 한 선생님이 연단에 올랐다.

여덟째의 눈에도 세상에 저렇게 아름답고 또 예쁠 수가 있을까 싶은 여자 선생님이었다.

교장 선생님도 매우 흡족한 듯이 말했다.

"이번에 소개하는 분은 황월영 선생입니다. 선생께서는 사범학교를 수석으로 졸업한 재원으로 우리 학교에 첫 발령을 받아 왔답니다. 큰 박수로 환영합시다."

교장 선생님은 박수칠 것을 유도했다. 교장 선생님의 유도가 아니라고 하더라도 학생들은 운동장이 떠나갈 듯 박수를 친 것은 말할 나위도 없었다.

여덟째는 1학년 때 나이 드신 남자 선생님, 잔소리만 해대고 벌만 세우거나 때리기만 하던 선생님을 대하다가 예쁜 댕기머리 선생님을 담임으로 맞이했었는데 그런 선생님에게 잘 보이기 위해 세상에 없는 개구쟁이라도 조용할 수밖에 없을 것이다. 여덟째가 꼭 그랬다.

새로 담임을 맡은 댕기머리 선생님은 땋은 댕기가 엉덩이 아래까지 내려오는데다 땋은 머리끝에 핑크빛 댕기를 드렸다. 선생님은 그런 댕기머리를 늘어뜨린 채 매만지기도 했고 땋은 머리를 양쪽 귀밑에 똬리를 튼 듯 쪽지머리를 했다.

새알처럼 갸름한 얼굴이며 엷은 홍조마저 드리운 듯

한 볼은 세상에 그렇게 아름답고 예쁠 수 없는, 옛날이 야기에 나오는 하늘 천사가 지상으로 내려온 듯한 착각 을 갖게 하는 선생님.

여덟째는 어느 학생보다도 긴장되어 오줌을 질금질 금 쌌으며 한눈에 뿅 하고 넋까지 잃을 지경이었다.

늘 대하는 누나보다 스무 배나 더 예쁜, 동네 예쁜 처 녀보다 열 배나 더 예쁜, 갓 시집 왔을 때의 형수보다도 다섯 배나 더 예쁜 선생님에게 말 그대로 첫눈에 가슴 뛰는 사랑을 느꼈듯이 그만 홀딱 반했다.

댕기머리 선생님께서 첫인사를 하는데 음성 또한 얼 마나 곱고 매력적이었는지, 감탄 그것이었다.

"여러분, 만나 뵈니 반갑습니다. 여러분의 밝은 얼굴 을 대하고 보니 더욱 반갑습니다. 앞으로 1년, 담임을 맡을 황월영이라고 합니다. 전 아는 것도 별로 없고, 경 험도 부족하답니다. 여러분, 많이 도와 주서요. 배우면 서 가르치겠습니다."

댕기머리 선생님이 말하는 입모습은 잉어가 물을 먹 을 때처럼 앙증맞았으며 음성은 종달새보다도 더 곱고 아름다웠다.

여덟째는 댕기머리 선생님이 머리를 쓰다듬어 주거

나 열심히 공부를 하라고 하지도 않았는데 너무 너무 예뻐 보여서 넋을 놓고 있다가 어느 결에 잘 보여야겠다는 결심을 했다. 관심을 기울이거나 집중할 수 있는 대상을 찾지 못해 방황하다가 집중할 대상이 생겼거나 관심을 쏟을 사람이 나타났다는 것은 오늘이 어제 같은 무기력한 삶에 의욕을 불어넣어 주는 것은 물론이고 활력소까지 생기기 마련 아닐까?

여덟째가 그랬다.

그 대상이 바로 댕기머리 선생님이었다. 그로부터 댕기머리 선생님이야말로 여덟째에게 우상이 되었고 카리스마로 존재하면서 일생을 지배하게 된다.

여러분이라면 이런 댕기머리 선생님께 잘 보이려면 어떻게 해야 잘 보일 수 있을까?

두 말 하면 잔소리, 공부 열심히 하고 말 잘 듣고 착한 어린이가 되는 것이 아닐까?

댕기머리 선생님께서는 아이들의 사정을 잘 알고 있었다. 6.25 전쟁 탓으로 취학을 못해 같은 학년인데도 나이 차이가 많이 났다. 나이가 적은 아이는 여덟 살, 많은 아이는 열여섯, 여덟 살 차이가 났다.

여덟째도 집에 나이로 열한 살이었다.

부모들도 초등학교만 보낼 바에야 나이가 차서 보내는 게 좋겠다고 생각해서인지 취학통지서가 나와도 보내지 않다가 뒤늦게 입학을 시키기도 했다. 그리고 부모조차 무식해서 학교에 들어가기 전에 책을 읽거나 셈을 하는 아이들은 거의 없었다.

또한 부모들은 먹고 사는 데만 정신이 팔려 자식들의 공부에는 관심도 두지 못했다.

역설적으로 말할 것 같으면 나이가 많을수록 부모들의 무관심 탓으로 책을 읽거나 더하기 빼기도 못하는 아이들이 더 많았다. 그런 아이 중에는 당연히 여덟째도 포함되어 있었다.

여덟째가 이처럼 늦게 입학한 이유가 있었다.

아버지가 뒤늦게 호적에 올렸기 때문이었다.

여덟째는 학교에 들어가기 전이나 들어가서도 아버지가 시키는 일만 했다. 일을 하지 않을 때는 놀기만 하는데도 공부하라는 사람이 가족 중에 아무도 없었고 따라서 연습장 한 권 없었으며 숙제며 예습이나 복습 같은 것은 한 적이 없었다.

그렇게 1학년을 보내고 2학년이 되었다.

새 학기 들어 첫 국어시간이었다. 국어 책을 읽지 못

하는 여덟째는 그렇게도 좋아하는 댕기머리 선생님인
데도 무서워서 얼굴을 똑 바로 쳐다볼 수 없었다.

"자, '새 학년'이라는 단원을 펴 보셔요."

모두 걱정이 되어 국어책을 펴는 둥 마는 둥했었다.

"'새 학년'을 읽을 사람, 손 들어봐요."

그런데 모두가 좋아하는 댕기머리 선생님이 말씀하
시는데도 손을 든 아이는 67명 중에서 열 명 정도였다.

댕기머리 선생님은 교실을 둘러보았다.

아이들은 선생님 입에서 무슨 말이 나올까 해서 모두
불안해 했다. 아니나 다를까.

댕기머리 선생님께서는 예쁘고 귀여운 얼굴에 그림
자가 지는 듯하더니 무서운 말을 쏟아냈다.

여덟째는 잉어 같은 귀여운 댕기머리 선생님 입에서
세상에 듣지도 보지도 못한 무서운 소리가 나올 수 있다
는 것을 처음으로 알았다.

"좋아요. 내일 국어시간까지 읽을 수 있도록 모두 예
습해 오세요. 만약 읽혀서 읽지 못하면 방과 후 교실에
남게 해서 읽을 수 있을 때까지 집에 돌려보내지 않겠습
니다. 그러니 읽을 수 있을 때까지 예습해 와야 해요. 알
아들었지요?"

순간, 여덟째는 눈앞이 칠흑처럼 캄캄해졌다. 책은 한 자, 한 줄도 읽을 수 없었으니까.

국어책 하나 제대로 읽지 못하는데 아무리 존경하고 좋아한다지만 댕기머리 선생님께 잘 보일 수 있을까?

게다가 여덟째는 책을 읽지 못해 늦게 돌려보낸다면 혼자서 섭디모리를 지나야 했다.

해가 진 뒤 섭디모리를 지나자면 뒤에서 귀신 발자국 소리가 따라붙기 때문에 웬만큼 센 담력을 가진 사람이 아니면 지나가기를 꺼려했으니 큰일일 수밖에 없었다.

여덟째는 학교가 파하자 책보를 둘러매고 십리길을 쉬지 않고 냅다 뛰어 달려왔다.

어서 집에 가서 누나에게 책을 읽을 수 있도록 도와 달라고 부탁하기 위해서였다.

꼬집히며 책을 따라 읽다

여덟째는 학교에서부터 뛰다시피 해 집으로 들어서는 순간, 결심했던 것이 그만 빗나가고 말았다.

김을 매러 가던 아버지가 "어서 밥 먹고 비알 밭으로 오니라." 해서였다.

여덟째는 아버지가 무서워 "지금부터 밤을 새워 읽기 연습을 한다고 해도 '새 학년'을 읽을까 말까 한데, 김매러 가자고 하다니요. 오늘은 책 좀 읽어 보게 그냥 내버려 둬요." 하는 말은 삼켜 버리고 끙끙 앓았다.

여덟째는 늦은 점심을 먹는 둥 마는 둥 하고 비알 밭으로 가 아버지 따라 어두워질 때까지 김을 맸다.

여덟째는 늦은 저녁을 먹은 뒤에야 호롱불을 켜놓고 둘째 누나보고 책 좀 따라 읽혀 달라고 보챘다.

"댕기 머리 선생님께서 내일까지 국어책을 읽어오지 못하면 집에 보내지 않는다고 하셨어. 누나, 국어책 좀 읽게 도와줘라. 땡깡 부리지 않고 누나 말 잘 들을 게."

"니가 웬일이니? 내일은 해가 서쪽에서 뜨겠다."

"누나, 농담 아냐. 꼭 읽어 가야 돼."

여덟째는 댕기머리 선생님을 너무너무 좋아서 잘 보이려고 책을 읽어 가겠다는 말은 끝내 하지 않았다.

"그렇다면 국어책을 가져 와라."

여덟째는 태어나 처음으로 예습을 했는데 누나 따라 한 페이지도 읽기 전에 꾸벅꾸벅 졸기부터 했다.

그럴 수밖에. 때는 4월, 노곤한 계절이다.

여덟째는 십 리나 되는 학교를 뛰다시피 해서 갔다 왔고 와서는 아버지 따라 밭에 나가서 어둡도록 김을 맸으니 피곤해서 생리적으로 졸리는 것도 당연했다.

여덟째는 따라 읽는데 너무 졸린 나머지 대야에 물을 떠다놓고 연신 눈을 씻으면서 따라 읽었으나 생리적으로 졸리는 것은 어쩔 수 없었다.

졸면서 따라 읽어서인지 둬 번 따라 읽은 것 같은데도 혼자 읽으려고 하면, 한 줄도 읽지 못했다.

누나는 사정없이 꼬집으며 구박을 줬다.

"이 돌대가리야. 그렇게 누나가 따라 읽혔으면 혼자서도 읽어야지. 여태까지도 읽지 못하다니."

"누나는 머리가 좋으니까, 그렇지, 뭐."

누나는 정말 머리가 빼어났다. 여덟 반이 있는 학년 전체에서 1등은 따 놓은 당상이었고 군에서 실시한 학력경시대회에서도 1등을 했으니까.

누나는 오빠 밥해 주려고 갔다가 중학교 1학년 2학기 중간에 입학했는데도 학년 전체에서 1등을 했으니까.

그런 누나도 오빠가 영장을 받아 붙잡혀 가고 이를 빼내기 위해 한 해 지은 나락을 다 퍼내는 바람에 학교에 다니지도 못하고 집에서 엄마 일만 돕고 있었다.

"따라 읽어. 오늘은 새 학년입니다."

"오, 오늘은 새, 새 학년, 이, 입니다."

"새 책과 새 공책을…"

그 사이 여덟째는 깜빡깜빡 졸면서 중얼거리곤 했다.

"새애 책과 새 고옹…"

누나는 눈을 씻어 주어도 계속 졸기만 하기 때문에 사정 두지 않고 다리며 팔을 꼬집혀서야 겨우 눈을 뜨고 "새애 책 …" 하다가 또 이내 졸기 시작했다.

"에라, 나도 모르겠다. 잠이나 실컷 자라."

누나는 여덟째가 너무나 졸기 때문에 어떻게 할 수 없었던 모양이다.

따라 읽히는 것을 포기하고 말았으니까.

그날 아침 따라 여덟째는 늦잠까지 잤다.

여덟째는 지각할까 보아 아침은 먹는 둥 마는 둥 하고 책보를 어깨에 동여매자마자 냅다 뛰면서 소리쳤다.

"나, 늦게 오면 마중 와야 돼."

뛰다 보니 학교를 대표하는 육상 선수가 되었다.

여덟째는 첫 시간이 되자 사시나무 떨듯 떨었다. 왜냐하면 '새 학년'이란 단원을 누나가 읽어 주는 대로 따라 읽긴 읽었으나 공부하는 습관이 몸에 배지 않은 데다 너무나 졸려 제대로 읽지도 못했기 때문이었다.

드디어 선생님이 교탁 앞에 섰다. 여덟째는 떨지 않으려고 선생님의 얼굴만 쳐다봤다.

"그러면 지금부터 책을 읽히겠습니다. 만약 읽혀서 읽지 못하면, 선생님이 약속한 대로 방과 후 교실에 따로 남게 해서 읽을 때까지 집에 보내지 않겠습니다."

아이들은 책을 읽을 수 있든 없든 모두 긴장했다.

"그러면 좋아요. 1번부터 읽어 보세요."

선생님께서는 출석부 번호순으로 국어책을 읽게 했으나 제대로 읽는 아이는 반에 반도 되지 못했다.

어느 새 여덟째 차례가 다가왔다.

여덟째는 긴장되어 오줌까지 잘금잘금 쌌다.

댕기머리 담임선생님이 말했다.

"그러면 32번, 김팔제 읽어요."

여덟째는 이 세상에서 태어나 그렇게 무서운 말은 들은 적이 없었다.

더욱이 학교에 다닌 뒤로 처음으로 지적을 받아 남 앞에 일어서서 책을 읽게 되었으니 얼마나 떨렸는지.

그리고 책을 읽지 못하면 늦게까지 집에 가지도 못한

다고 생각하니 어금니까지 갈아댔던 것이다.

여덟째는 너무나 긴장한 탓인지 '새 학년'이라는 단원을 처음부터 끝까지 읽긴 읽은 것 같은데 어떻게 읽었는지 전혀 기억조차 나지 않았다.

오직 기억나는 것이라고는 "잘 읽었어요. 그런데 앞으로는 좀 더 잘 읽도록 노력하세요." 하는 하늘나라에서 들려오는 것만 같은 댕기머리 선생님의 목소리였다.

여덟째는 너무나 피곤하고 졸려 세숫물을 떠다놓고 눈을 씻으면서, 또 존다고 수도 없이 꼬집히며 누나 따라 읽는 둥 마는 둥 했는데도 이렇게 신통하게도 좋은 결과를 가져왔으니 놀랍기만 했다.

게다가 세상에서 가장 좋아하는 댕기머리 선생님한테 생전 처음으로 잘 읽었다는 칭찬까지 받았으니 속으로 얼마나 좋아했는지 모른다.

비로소 공부한 보람과 기쁨을 맛본 순간이었다.

여덟째는 누나가 고마워지기까지 했다.

누나에게 졸면서 책을 따라 읽다가 팔과 다리를 꼬집혀 멍이 든 데가 스무 군데보다도 더 많았으나 누나가 밉거나 싫지 않았다.

그로부터 여덟째는 댕기머리 선생님에게 잘 보이거

나 칭찬을 받기 위해 열심히 공부했고 관심을 끌거나 환심을 사기 위해 시키는 일이면 무엇이든지 했다.

여덟째는 눈에 들려고 노력했는데도 담임선생님의 관심을 끌거나 환심을 사는 일은 좀체 없었다.

가끔 가다 받아쓰기 쪽지 시험을 보기도 했다.

받아쓰기 쪽지시험을 볼 때면 여덟째가 가장 부러워하는 아이가 있었다. 모두가 싫어하는 신소정이었다.

신소정은 숫기가 오죽 없었으면 담임선생님께 화장실 간다는 말을 못해 앉은 자리에서 똥을 쌌다.

교실 안을 똥냄새로 진동시킨 일이 있어서 모두 싫어하는데도 받아쓰기만은 잘했다.

여덟째는 그런 신소정을 부러워했다. 왜냐하면 신소정은 받아쓰기를 잘했기 때문이었다. 스무 개를 불러주면 하나 틀릴까. 만점을 맞았다.

그런 탓으로 담임선생님의 칭찬을 독차지했다.

그에 비해 여덟째는 책만 겨우 읽을 줄은 알았으니 받아쓰기는 한두 개 정도 맞출까 말까 했을 정도였다.

여덟째는 다른 아이들이 다 싫다고 해도 신소정처럼 담임선생님의 칭찬만 받을 수 있다면 똥싸개 소리를 듣는 것쯤은 상관이 없다고 생각했다.

똥냄새가 어떻다는 것쯤은 알면서도.

그 해는 6.25 전쟁 때문에 추석을 셀 수 없었다.

피난 가느라고 추석을 세지 못하고 뒤늦게 중양절을 맞아 차례를 지냈다.

차례를 지낸 뒤, 여덟째가 뒷간에서 대변을 보려고 한창 힘을 주는 순간이었다. 그때 뒷간을 막은 가마니를 푹 쑤시고 들어오는 것이 있었다.

바로 M1 총구였다. 키 크고 코 큰 미군들이 잔당을 색출하기 위해 마을을 수색하면서 가마니로 가린 뒷간 안으로 총을 들이댄 것이었다.

여덟째는 놀란 나머지 벌렁 넘어지면서 '통시비틀' 사이로 빠지면서 풍덩 하고 똥통에 떨어졌다.

똥통에 빠지면 떡을 해 먹어야 한다는 속신대로 엄마는 떡을 해서 여덟째에게 먹게 했기 때문에 먹기 싫은 떡을 참 많이도 먹은 기억이 지금도 사라지지 않았다.

여덟째는 그렇게 어렵게만 생각했던 받아쓰기도 비결이 있다는 것을 뒤늦게 알았다.

많이 읽고 많이 써 보는 데 있다는 것을.

다른 비결이라면 소리 나는 대로 써놓고 받침을 있는지 없는지 살펴 이를 받침으로 되돌려놓는 데 있다.

예를 들면, 불러주는 대로 '사라미'라고 써놓는다.

이를 문법적으로 연철이라고 한다.

'미'에서 'ㅁ'을 '라' 앞으로 보내면 '사람이'가 된다.

이를 분철이라고 한다.

또한 방법은 받침이 있으면 '을', 받침이 없으면 '를'을 붙이면 되는 것도 있다.

예를 들면 '사람을', '거북선을'. 또 '새를', '종이를' 하고. 받침이 둘 이상일 때는 받침 다음에 'ㅇ'으로 시작되는 음으로 읽어보면 알 수 있다.

예를 들면, '업따'의 표기를 알려면 '업스니', '업스면', '업스니까' 등으로 소리 나는 대로 적어놓고 분철해 보면 '없으니', '없으면'이 되니까 '없다'가 맞음을 알 수 있는 것과 같다.

이런 것을 그 누구도 가르쳐 주지 않아, 무조건 외워서 받아쓰려고 했으니 틀리는 것이 당연하지 않았을까.

여덟째가 자신하는 과목은 셈본이었다.

1학년 때는 문제를 읽지 못해 풀지를 못했으나 이제 국어책을 읽게 되자 문제까지 읽을 수 있어 셈본은 누워서 떡 먹기나 다름없었다. 게다가 화투의 '짓고땡' 놀이까지 할 줄 알고 있었으니 계산도 빨랐다.

셈본 시험은 보는 대로 100점이었고 구구단은 반에서 첫째로 외웠으니 머리가 나쁜 편은 아니었다.

여덟째는 받아쓰기를 제외하고는 만점이었다.

이런 상태로 성적을 향상시킨다면 1학년 때는 모든 과목에 걸쳐 '가'를 받았으나 음악을 제외하면 전 과목 '수'를 받을 수 있다는 자신감이 생기기도 했다.

음치였으니 음악은 '미'를 받는다고 해도 우등상은 탈 수 있을 것 같았다.

이렇게 여덟째가 공부에 재미를 붙이고 잘하게 된 것은 댕기머리 선생님이 따로 불러 머리를 쓰다듬어 주었거나 격려의 말을 해 주어서가 아니었다.

그저 바라보기만 해도 더없이 좋았다. 아니, 가까이 있다는 것만으로도 의욕이 솟았기 때문이며 댕기머리 선생님에게 잘 보이기 위해 노력한 결과였다.

그만큼 댕기머리 선생님은 여덟째에게 카리스마가 되었으며 우상과 같은 존재가 되었던 것이다.

봄 소풍을 가는 전날이었다.

여덟째는 엄마에게 공연히 짜증을 내고 골을 부렸다. 왜 여덟째가 골을 부렸을까?

담임선생님에게 뭔가를 가져가서 주고 싶긴 한데 줄

만한 마땅한 것이 없기 때문이었다.

여덟째는 토종닭이라도 키운다면 잡아서 푹 고아 점심 때 잡수시라고 댕기머리 선생님께 드리면 얼마나 좋을까 했으나 닭을 키우지 않으니 그런 선물마저 할 수가 없었다. 소풍을 간다고 해도 엄마는 김이 없어 지금은 그 흔한 김밥 한 줄 싸 주지도 못했다.

통닭 대신 김밥이라도 맛있게 싸 준다면 선생님에게 드릴 수도 있었을 텐데.

소풍을 가는데 엄마가 싸 주는 점심이라곤 평소와 다름없는 보리밥에, 반찬은 고추장 정도가 고작.

특별한 것이 있다면 외가에서 가져와 숨겨두고 어쩌다 삶아주는 고구마 두 개가 전부.

여덟째는 김밥 하나 준비 못해 선생님 곁에는 다가가지도 못한 채 멀찍이 떨어져 지켜볼 수밖에 없었다.

점심을 드시는 선생님들 앞에는 통닭이며 불고기하며 깡통 맥주까지 놓여 있었다.

모두가 장터 아이들의 부모들이 마련해 준 것이거나 기성회 이사 아들이 준비해 온 것들이었다.

이를 보는 여덟째는 속이 몹시 상했다.

어느 새 가을 추수도 끝나가고 보리갈이, 밀갈이, 마

늘심기 등으로 마지막 농번기를 보내고 있었다.

일손이 부족해 여덟째는 아버지 따라 일을 해야 해서 숙제며 예습, 복습 같은 것은 엄두도 내지 못했다.

1학년 때는 67명 중에서 꼴찌였으나 댕기머리 선생님이 담임을 맡고부터는 가까이서 보는 것만으로도 좋아서, 그리고 예쁜 댕기머리 선생님에게 잘 보이기 위해서 읽지도 못했던 국어책을 읽고 쓰게 되었던 것이다.

또한 댕기머리 선생님께 관심을 끌거나 존재를 알리기 위해서도 수업 시간만이라도 집중했기 때문에 1학기 성적은 음악 '미'를 제외하고는 모두 '수'를 받았으며 반에서 2등을 했다.

이대로라면 우등상도 받을 수 있을 것이다.

이처럼 여덟째가 상적을 올리게 된 것은 댕기머리 선생님에게 잘 보이겠다는 마음 때문이었다.

학교를 또 못 다니게 되다

갑자기 여덟째가 학교를 다니지 못하게 되는 일이 또

발생했다. 아버지의 공연한 생트집 때문이었다.

아버지는 자식이 학교를 다녀 훌륭한 사람이 되는 것을 바라지 않은 사람이나 같았다.

데리고 다니면서 일이나 시켜 먹는 것 외에는.

학교에서는 1년에 두 번, 기성회비를 받았다.

농촌 학교이기 때문에 학부모 형편을 고려해서인지 알 수 없었으나 봄으로는 보리수확을 하기 때문에 1인당 보리쌀 두 말, 가을로는 벼를 거둔 탓으로 쌀 두 말을 거뒀다. 그런데 아버지는 농사를 지으면서도 생트집을 잡으려고 했는지 알 수 없었으나 쌀 대신 돈으로 기성회비를 줬다.

여덟째는 돈을 받아 기성회비를 내려고 했으나 학교 규정상 돈으로는 받지 않으며 쌀로만 받는다고 해서 아버지에게 도로 갖다 줬는데 뜻밖에 화를 냈다.

"왜 돈으론 안 받아. 그런 학교 당장 그만 둬라."

아버지는 화 낼 일도 아닌데 공연히 화를 내며 학교까지 가지 말라고 버럭버럭 소리를 질러댔다.

농사를 지으니까 돈으로 받지 않으면 쌀로 내면 되고, 쌀이 없다고 해도 번거롭기는 하겠지만 쌀을 사서 내면 되는 데도 납득이 가지 않는 이유를 들어 학교를 가지 못하게 했다.

돈이면 돈, 쌀이면 쌀, 학부모가 주는 대로 학교에서 받으면 될 것이지, 받지 않는 것이 영 못마땅해서 화를 냈을 수도 있을 것이다.

여덟째는 그렇게 이해하고 아버지를 미워하거나 원망할 줄도 모르고 오직 시키는 대로 일만 따라 했다.

여덟째는 약한 몸으로 아버지 따라 일을 하다가 가끔 힘들거나 고달프면 잔꾀를 낸다는 것이 아버지 눈에 띄지 않는 곳으로 피해 가서 한 나절 놀기도 했던 것이다.

그런데 그것마저 할 수 없게 되었다.

아버지는 여덟째가 눈에 띄지 않으면 엄마에게 곧바로 화풀이가 돌아갔기 때문이다.

한번은 여덟째가 일을 하다가 너무 힘들어 한 나절 쉬기 위해 산속으로 피해 버렸다.

그러자 일하는 것을 몹시 힘들어했던 아버지는 엄마에게 생떼를 쓰거나 행패를 부렸다.

엄마는 밀을 씻어 멍석에 널고 있었는데 아버지는 힘들여 씻은 밀을 두엄에 갖다 버리는 행패를 부렸다.

해서 엄마는 두엄에 버린 밀을 주워 돌을 골라내고 다시 물을 길러 씻느라고 종일 고생한 적도 있었다.

여덟째는 아버지가 어느 정도 시일이 지나면 화가 가라앉아 학교에 가라고 할 줄 알았다.

그러나 1주일이 지나고 열흘이 지나도 학교에 가라는 말 대신, 데리고 다니면서 일만 시켰던 것이다.

여덟째는 좋아하는 댕기머리 선생님이 가정방문을 해서 아버지를 설득해 줬으면 했으나 한 달이 가고 겨울방학이 되었는데도 오지 않았는데도 너무나 좋아한 나머지 댕기머리 선생님을 원망하거나 미워하지 않았다.

다만 좋아하는 댕기머리 선생님을 보지 못하는 것이 아쉽고 안타까웠을 뿐이었다.

다행히 겨울방학이 되어 내려온 맏이가 서울로 올라가지 전에 학교로 찾아가 댕기머리 선생님을 만난 뒤에야 여덟째는 학교를 또 다시 다닐 수 있게 되었다.

여덟째가 두 달이나 장기 결석을 하고 학교에 갔을 때는 이미 2학기 기말고사가 끝난 뒤였다.

기말고사를 보지 못했으니 2학기 성적은 보나마나 전 과목 '가'로 도배했을 것이며 우등상마저 놓쳤다.

여덟째는 상을 타지 못한 것은 괜찮았으나 댕기머리 선생님으로부터 칭찬을 받지 못한 것이 분했다.

4월이 되자 여덟째도 3학년이 되었다.

새 학년이 되어 등교하는 첫날 관심사는 무엇일까? 그것은 어느 선생이 담임이 되는가 하는 것이 아닐까?

여느 아이와 마찬가지로 여덟째도 그랬다.

배정받은 새로운 교실로 들어가서 첫 시간이 되기를 초초하게 기다렸다.

그런데 문을 열고 들어오는 선생님은 천만 뜻밖에도 2학년 때 그렇게도 좋아했던 댕기머리 선생님이었다.

여덟째는 뛸 듯이 기뻐했다. 댕기머리 선생님이 자기에게 관심을 쏟든, 아니하든 또 담임이 되었다는 것만으로도 하늘을 펄펄 날고도 남았다. 또 여덟째는 댕기머리 선생님에게 잘 보이기 위해, 아니 관심을 끌기 위해 1등을 하고야 말겠다는 결심까지 했다.

여덟째는 댕기머리 선생님만 좋아했다.

댕기머리 선생님을 너무너무 좋아하고 존경하기 때문에 국어책은 반에서 둘째가라면 서러워할 정도로 잘 읽었고 받아쓰기 쪽지 시험을 보면 스무 개를 다 맞출 정도로 받아쓰기도 도가 통했다.

그런데도 여덟째는 담임선생님의 관심을 끌지 못했다. 칭찬을 들은 적도 없었고 따로 불러 머리를 쓰다듬어 주면서 격려의 말 한 마디 들어본 적이 없었다.

이때 댕기머리 선생님께서 불러서 칭찬이나 격려의 말이라도 했다면 여덟째는 많이 달라졌을지 모른다.

여덟째는 댕기머리 선생님을 좋아하고 존경했으며 사랑하는 것으로 끝내는 것이 아니라 이를 계기로 공부하는 아이, 커서는 보다 좋은, 보다 훌륭한 사람이 되려고 벼르고 별났던 것이다.

이를 상전벽해(桑田碧海)라고 해도 좋을 것이다.

동네에서 제일 고집 세고 땡깡을 부렸다면 하루 종일 부려도 달래지를 못하는, 아버지 이외는 그 누구도 못 말리는 골 때리는 고집불통인 여덟째를 이렇게 순하고 공부하는 아이로 만들었으니 댕기머리 선생님의 카리스마는 정말 대단했다. 한창 성창기인데 아버지가 일방적으로 혼내거나 하찮은 일에도 매만 들어서 삐뚤게 자라거나 문제아가 될 수도 있었는데도.

세상에 그렇게 때리다니

선생님의 이름은 전혀 기억이 나지 않았다. 다만 성

이 '차'라는 것만 기억나는 것 이외는.

다른 선생님들이 '차 선생, 차 선생' 하니까, 여덟째도 차 선생인 줄로만 알고 있었다.

아이들은 그 선생님이 배가 불룩 나왔기 때문에 맹꽁이라는 별명을 지어 '맹꽁이, 맹꽁이 선생' 하면서 놀리곤 했다. 맹꽁이 선생님이라는 별명은 누가 지었는지 생김새에 딱 어울리게 잘 지을 수 없었다.

젊은 사람이 배가 맹꽁이처럼 볼록 튀어나왔는데 그에 어울리게 지을 수 없어서였다.

여덟째는 이런 차 선생님을 싫어했다. 교실로 찾아와서 댕기머리 선생님과 속삭이기 일쑤였기 때문이다.

이런 일이 아이들의 눈에 자주 띄어 댕기머리 선생을 좋아한다는 소문이 나돌게 된 것인지도 모른다.

얼레꼴레 꼴레얼레
맹꽁이 선생임은
댕기머리 선생과
붙었대요 붙었대요
얼레 붙었대요.
얼레꼴레 꼴레얼레

이런 동요가 알게 모르게 아이들 사이에 퍼졌다.

누구보다도 여덟째는 이를 싫어했다. 그것은 사실 여부를 떠나 무엇을 의미하는지 알기 때문이며 댕기머리 선생님을 욕보이는 것이라고 생각해서였다.

여덟째는 청소를 끝내고 검사를 받으러 교무실로 갔다가 댕기머리 선생님과 차 맹꽁이 선생 두 분이서 정답게 대화하는 것을 목격하는 순간, 눈에 불꽃이 튄 적도 있었다.

커서 알긴 했으나 그게 바로 질투심이라는 것을.

여덟째는 차 맹꽁이 선생님은 결혼을 했고 아이가 둘이나 있다는 것을 알고부터는 선생님에게 들으라고 대놓고 맹꽁이 선생, 맹꽁이 선생, 왜 맹꽁이 됐나 하고 큰 소리로 놀려대곤 했었다.

얼레꼴레 꼴레얼레
맹꽁이, 맹꽁이,
배불뚝이 맹꽁이
왜 맹꽁이 됐나.
배가 맹꽁이처럼
볼록 튀어나와

맹꽁이 됐지
꼴레얼레 얼레꼴레

여덟째는 쉬는 시간, 화장실을 다녀오거나 방과 후 청소당번으로 청소를 할 때면 동요를 입에 달고 있었다.

6.25 전쟁으로 책상과 걸상이 타 버렸기 때문에 책상과 걸상도 없이 맨바닥에 엎드려 공부를 했다.

책상과 걸상을 옮겨가며 청소하는 번거로움을 덜 수 있어 청소하기가 쉬운 탓도 있었고 바닥만 쓸고 엎드려 물걸레로 교실 이쪽에서 저쪽 끝까지 밀고 다니기만 하면 청소를 끝낼 수 있어 동요를 흥얼댔다.

그날은 며칠인지 기억이 나지 않았으나 재수가 옴 붙은 날이었다. 운이 없어 걸려들었다거나 일진이 나빠 걸려든 경우와 마찬가지였다.

반 아이들이 노래삼아 부르는 동요, 여덟째도 엎드려 걸레질을 하면서 동요를 흥얼대고 있었으니 말이다.

"뚝이, 뚝이, 배불뚝이 맹꽁이, 왜 맹꽁이 됐냐. 배가 맹꽁이처럼 볼록 튀어나왔으니까 맹꽁이가 됐지."

그런데 갑자기 여덟째는 귀가 떨어져 나갈 것 같은 강한 충격에 정신을 잃을 정도였다.

그런 충격을 견디다 못해 악을 써대면서 "누구야? 누가 남의 귀를 찢어지도록 당겨, 이 씨팔." 하면서 쳐다보니 바로 차 맹꽁이 선생이 아닌가.

여덟째는 가슴이 철렁 하고 뚝 떨어지면서 속으로 이제는 죽었구나 하고 복창을 해야 했다.

차 선생님은 얼굴이 벌겋게 달아올라서는 "이놈! 네 놈이 날 놀리는 동요를 지어서 퍼뜨렸지? 오늘 자알 걸렸다. 한번 되지게 혼나 봐라." 하고 열불을 토해냈다.

차 선생님은 여덟째의 귀가 떨어질 정도로 세게 잡아당겨 교무실로 끌고 갔다.

여덟째는 끌려가지 않으려고 두 다리로 버티기까지 했으나 차 선생의 힘을 당할 재간이 없었다.

"오늘 너, 뒈지도록 맞을 줄 알앗!"

차 선생은 교무실로 끌고 가더니 잘못을 따져 보지도 않은 채 무조건 때리기부터 하는 것이었다. 그것도 도망가지 못하게끔 한 손으로 귀를 거머쥐고 다른 한 손으로는 신고 있던 실내화를 벗어 뺨을 때리기 시작했다.

여덟째는 매를 맞을 때마다 온몸이 전율했고 볼이 찢어지는 것같은 아픔은 상상도 할 수 없었다.

실내화는 폐타이어 조각으로 만든 것으로 보기만 해

도 묵직해 보였다. 그런 실내화로 젊은 사람이 있는 힘, 없는 힘까지 내서 때리니 아프지 않을 리 없었다.

게다가 맞으면서 언뜻 거들떠보니 세상에 그렇게 좋아할 수 없는 댕기머리 선생님마저 교무실에 있었으니 차 선생님은 때리는 것이 얼마나 신났는지 모른다.

그런데 선생님들은 여덟째가 무지막지 맞고 있는데도 누구 하나 말리지 않았다.

여덟째는 저항도 하지 못한 채 한 대, 두 대, 서 대… 열 대까지는 맞기만 했다.

열한 살 나이에 그렇게 맞고 보니 볼이 붙어 있는지 감각조차 느낄 수 없었다.

스무 대를 맞자 눈물을 조르륵 흘리면서 이러다 맞아 죽는 것이 아닌가 하는 생각이 들었다. 서른 대를 맞고 나자 악이 받쳐 흐르던 눈물마저도 나오지 않았다.

그리고 무조건 때리기만 하는 것은 선생도 아니라는 생각까지 했다. 교육적으로 매를 대는 것이 아니라 감정적으로 매를 댄다면 선생이라고 할 수 없었다.

여덟째가 이렇게 맞고 있는데도 교무실에는 여러 선생님이 있었으나 누구 하나 제지하려 하지 않았다.

오늘날 그렇게 맞았다면 학부모가 학교에 찾아와 항

의하거나 아이를 입원시키고 진단서를 발부받아 소송을 한다 하고 학교가 발칵 뒤집혀졌겠으나 당시는 그런 것은 생각지도 못했다.

귀까지 찢어져 피가 흐르는데다 마흔 대를 맞자 더이상 맞다가는 죽을 수도 있겠다는 생각이 들었다.

얼결에 그런 욕이 튀어나왔는지 알 수 없었다.

"이 씨팔, 너 같은 새끼는 선생도 아냐."

여덟째는 젖 먹던 힘까지 차 선생의 손등을 콱 깨물었다. 차 선생이 아픔을 참지 못해 귀 잡은 것을 잠시 놓치는 틈을 타서 여덟째는 냅다 달아나기 시작했다.

여덟째는 뒤따라오는 차 선생을 따돌리기 위해 젖 먹던 힘까지 쏟아 죽을 동 살 동 내뺐고 따라오는 차 선생을 멀리 따돌렸는데도 불안해서 계속 내달렸다.

목까지 숨이 차 헉헉할 때까지 내달렸다.

오리나 달려서야 도망치는 것을 멈췄다.

양 볼은 퉁퉁 부어 시퍼렇게 멍이 들어 화끈거렸고 타이어 자국마저 선명하게 드러났던 것이다.

그런데도 여덟째는 아버지가 알면 싸웠다고 혼낼까, 집으로 오는 중간에서 시간을 보내고 어두워서야 집안으로 들어섰다. 그리고 도둑 고양이처럼 부엌으로 가서 남은 밥을 찾아 먹고 누나 틈새에 끼어 잠을 잤다.

여덟째는 맞은 볼이 너무나 아파 잠이 오기는커녕 꿍꿍 앓기만 하다가 아침을 맞이했다.

학교에 가기 위해 일어나려고 했으나 일어나지 못해서야 식구들이 비로소 알아차렸다.

누나가 알아채고 물었다.

"너, 누구와 싸웠니? 얼굴이 왜 그래? 애들에게 몰매라도 맞은 게야? 왜 대답을 못해? 말해, 어서."

꼬치꼬치 캐물었으나 여덟째는 입을 열지 않았다.

"아버지 알면 큰일 나. 매만 맞고 다닌다고 벼락 떨어져. 누나, 제발 모른 체해 줘라, 응."

여덟째는 아버지가 알고 또 학교를 다니지 못하게 할까, 그것이 두렵고 불안했다.

여덟째는 학교에 가지도 못한 채 꼬박 1주일이나 누워 앓았는데도 선생님은 궁금하지도 않은지 학생을 보내 알아보지도 않았고 가정방문을 오지도 않았다.

이때 댕기머리 선생님이 가정방문을 해서 위로의 말 한 마디만 했다면, 댕기머리 선생님을 지금보다 수백, 수천 배는 더 좋아했을 것이며 지금보다 좋은 사람이 되었을지도 모른다.

여덟째는 사흘이나 끙끙 앓아누워 있어야 했으며 닷
새째야 몸을 일으켜 학교에 가려고 하니 엄마가 말렸다.

"그런 몸으로 어떻게 학교를 가겠다고? 가지 말거라."

"그래도 엄마, 나 학교 가 봐야 돼."

"못 간다니까, 그러네. 며칠 더 쉬어."

그러나 여덟째는 댕기머리 선생님이 보고 싶어 안달
이 나 성치 못한 몸을 이끌고 학교로 갔다. 어정어정 걷
다가 쉬고, 쉬었다 걸으면서 교실로 들어섰다.

교실로 들어서서 보니 반 아이들은 삼삼오오 모여 떠
들어대고 있었다.

아이들은 어디서 들었는지 알 수 없었으나 댕기머리
선생님이, 학기 중간인데도 불구하고 전근을 가신다는
이야기를 하는 것이 아닌가.

아이들이 하는 그 소리는 여덟째에게는 맑은 하늘에
서 날벼락이 떨어졌다고 해도 과언이 아니었다.

순간, 여덟째는 청천벽력같은 충격에서 헤어나지 못
했다. 그렇게도 좋아하고 존경하는 댕기머리 선생님께
서 읍 소재지 학교로 전근을 간다는 말에 온몸의 힘이란
힘은 다 빠져 흐늘흐늘했다. 선생님께 잘 보이기 위해 1
등을 하려고 벼르고 별렀는데 갑자기 전근을 가게 되었

으니 낙담할 수밖에.

여덟째는 좋아하는 사람을 잃게 된다는, 가까이서 볼 수 없다는 것만도 가슴은 천 갈래 만 갈래로 찢어졌다.

들리는 소문은 댕기머리 선생님이 아이들을 잘 가르쳐서 읍 소재지 교장이 장학사에게 부탁해 발령을 냈기 때문에 학기 중간인데도 전근을 가게 되었다고 한다.

뜬소문이긴 했으나 결혼하기 위해 선생을 그만둔다는 소문도 있었는데 이는 거짓임이 곧 드러났다.

반 아이들이 전근 간 선생님께 편지를 하면서 전근 간 학교가 알려졌기 때문이다.

아이들은 선생님에게 다가가 작별인사라도 한 마디씩 하는데 여덟째는 숫기가 없어서였든지, 인사 한 마디 건네지 못하고 마음속으로만 수천, 수만 번 인사를 하며 속을 태웠다.

댕기머리 선생님께서 작별인사를 했다. 울먹이던 선생님은 말을 멈췄다가 다시 말을 이어갔다.

"제가 사범학교를 갓 졸업하고 최초로 부임한 곳이 이 학교였고, 또한 처음으로 담임을 맡아 정말 정도 많이 들었답니다. 이제 정이 든 여러분을 두고 막상 떠나려고 하니 저로서도 매우 섭섭하고 서운합니다. 제가 없더라도 열심히 공부해서 좋은 사람, 훌륭한 사람이 되기를 바랍니다. 편지를 하면 답장을 하겠습니다. 그럼 열심히 공부해서 좋은 사람 되세요.”

아이들은 “네. 네에.” 하고 일제히 대답했다.

머리를 땋아 댕기를 드린 데다 양쪽 귀밑에 쪽을 진 댕기머리 선생님은 눈물까지 비치는 것이 아닌가.

눈물을 본 여덟째는 대답도 하지 못했다.

그때 댕기머리 선생님이 비친 눈물은 여덟째에게 오래도록 기억에 남아 잠을 설치기가 일쑤였다.

인사가 끝나자 댕기머리 선생님은 매달리는 아이들의 머리를 일일이 쓰다듬어 주면서 작별을 했다.

여덟째는 가까이 다가갈 엄두도 내지 못해 멀찍이 떨어져서 이를 지켜보기만 했다.

언제 준비했는지 모르겠으나 똘똘한 장터 아이들은 선물까지 준비해서 선생님께 드렸다.

그런데도 여덟째는 그런 생각조차 하지 못했으니 촌놈치고 그런 촌놈은 없을 것이었다. 비록 선물을 준비할 줄 알았다고 해도 돈이 없으니 마련할 수도 없었지만.

엄마 보고 돈 좀 달라고 해도 아버지가 돈을 가지고 써 엄마마저 돈을 손에 쥐어본 적이 없었으니까요.

주머니에 돈이 있다고 해도 선물을 살줄도 몰랐을 것
이며 무엇을 준비해야 좋은지는 더욱 몰랐을 테니까.

여덟째는 세상없이 존경하고 좋아하는 댕기머리 선
생님, 세상에 그렇게 예쁘고 아름다울 수 없는 댕기머리
선생님이 가시면 두 번 다시 만나 뵙지 못할 수도 있을
터인데도 말 한 마디 못했으니 바보치고 그런 바보는 세
상에 없을 것이다.

"선생님, 존경합니다. 제가 읽지도 못하는 국어책을
읽게 된 것은 선생님께 잘 보이기 위해서였답니다. 음악
을 제외하고 전 과목 '수'를 받은 것은 선생님을 좋아했
기 때문이고요. 선생님, 존경합니다. 사랑합니다. 앞으
로 선생님을 거울삼아 열심히 공부해서 훌륭한 사람, 좋
은 사람, 국가가 필요로 하는 사람이 되겠습니다. 선생
님 내내 건강하시고 행복하십시오."

여덟째는 왜 이렇게 당당하게 인사를 건네지 못했는
지 그것이 안타깝고 한스러웠다.

말로 못한다면 편지라도 써서 붙이지 못했는지 용기
도 없고 자신감도 없었으며 적극성마저 없는데다 능동
적이지 못한 여덟째, 왜 그렇게 어리숙하기만 했을까.

그렇게 댕기머리 선생님은 여덟째에게 깊은 인상과

수많은 생각과 부푼 꿈을 심어주고 떠나갔다.

뒤늦게 여덟째는 깨달았다.

댕기머리 선생님을 자기만이 좋아한 것이 아니라 반 아이들 대부분이 좋아했다는 것을.

새로 온 담임선생님이 전근 간 댕기머리 선생님의 주소를 칠판에 적어놓고 편지 쓰는 시간까지 줬다.

모두가 편지지로 두 장, 석 장을 썼는데도 여덟째는 단 한 줄도 쓰지 못해 애만 태웠다.

잠만 자면 하룻밤도 거르지 않고 댕기머리 선생님의 꿈을 꾸면서도.

꿈을 꾸는 것까지는 좋았으나 아무리 꿈이라고 하지만 안타까운 꿈, 편지를 쓰려고 애를 태우며 끙끙대도 한 줄도 쓰지 못해 애만 태우다가 깨는 꿈을.

여덟째는 큰마음 먹고 선생님 댁을 찾아가긴 갔으나 도저히 용기가 나지 않아 대문 앞에서 망설이다가 되돌아서는 안타까운 꿈도 꾸었다.

그런 꿈도 한두 번이 아니라 밤마다 꾸었다. 1년이 지나고 10년이 지나도 그런 안타까운 꿈을 꿨다.

여덟째는 그런 꿈을 품고 보다 좋은, 보다 훌륭한 사람이 되기 위한 희망을 가지고 앞으로 나아갔다.

여덟째는 살아가면서 힘들고 어려운 고비를 맞을 때마다 댕기머리 선생님의 고운 얼굴을 떠올리면서 마음을 다잡았다.

몇 년의 세월이 흘러 댕기머리 선생님은 의사 선생과 결혼을 해서 사모님이 되었다는 소식도 들렸다.

여덟째는 결혼을 하자마자 사부님께서는 시내 요지에 개원을 해서 의원 이름까지도 알게 되어 댕기머리 선생님을 찾아뵈려고 벼르고 별렀으나 그렇게 하지 못했다. 서울로 유학을 가 일류 중학교에 들어가게 되면 찾아뵈려고 했으나 떨어져 찾아뵙지 못했고 서울대학교에 들어간다면 찾아뵙는다고 했으나 입시에 실패해서 끝내 뵈러 가지 못했다.

한번은 교수가 된 뒤, 찾아갔다가 미장원에 갔다고 해서 다방에서 기다리다가 그냥 되돌아오기도 했었다.

여덟째가 왜 그렇게, 그냥 되돌아섰을까?

이 소설을 쓰기 전에도 찾아갔었다.

찾아갔을 때는 병원 건물은 도로확장공사로 헐리고 어디로 이전했는지 알 수 없었다.

그렇다고 하더라도 수소문해 찾아보지도 않은 채 발길을 되돌리고 말았으니, 왜 그랬을까요? 여덟째가 댕기머리 선생님을 너무 사랑해서 그때 그 모습을 가슴에 묻어두기 위해서였을까?

세상에 그렇게 예쁘고 아름다울 수 없는, 하늘에서 가장 내려온 하늘천사 같은 댕기머리 선생님의 이미지를 잃고 싶지 않다고 할밖에.

그 이외 이유가 있다면, 바로 이런 것일 것이다.

여덟째가 댕기머리 선생님을 좋아하고 사랑한 마음이 99%였다면 1%가 부족한 것은 1학년 때 67명 중에서 꼴찌를 했으나 2학년 1학기 때는 댕기머리 선생님에게 관심을 끌게 하거나 잘 보이기 위해, 아니 칭찬받기 위해 2등까지 했다면 불러 머리를 쓰다듬어 주면서 칭찬이나 격려라도 했다면, 뒤에 찾아뵈려고 갔다가 그냥 되돌아서지도 않았을지 모른다.

1%가 부족한 그것 때문에 그 먼 곳을 서너 번이나 찾아갔다가 그냥 되돌아선 것은 아닐까?

시우지화(時雨之化)란

저 중국의 사서 중 하나인 『맹자(孟子)』에 '시우지화(時雨之化)'란 어구가 있다.

'시우지화'를 풀이해 보면, 때맞춰 비도 알맞게 내려 줘야 초목도 쑥쑥 자라듯이 스승이 제자의 갈 길을 제때 바로잡아 줘야 훌륭한 사람이 된다는 뜻일 게다.

『맹자』의 이런 어구가 아니더라도 스승과 제자의 만남은 잘 짜여진 한 편의 드라마인지도 모른다.

김상옥 선생께서는 학교라곤 초등학교만 다녔는데도 주옥같은 시를 여러 편 남긴 시조시인이다.

박재삼이라는 시인 지망생은 김상옥 선생을 찾아가 시 짓는 방법에 대해 한 수 가르쳐 달라고 청했다.

김상옥 선생께서는 "말은 최대한 아껴야 하되 리듬이 우러나야 하네. 앞으로 시를 지을 때는 이런 점을 명심하도록 하게나." 하고 조언(助言)해 줬다.

박재삼 시인 지망생은 선생의 조언을 평생 지표로 삼아 시작을 해서 유명한 시인이 되었다고 한다.

> 한 송이 국화꽃을 피우기 위해
> 봄부터 소쩍새는
> 그렇게 울었나 보다.
>
> 한 송이 국화꽃을 피우기 위해
> 천둥은 먹구름 속에서
> 또 그렇게 울었나 보다.
>
> 그립고 아쉬움에 가슴 조이던
> 머언 먼 젊음의 뒤안길에서
> 인제는 돌아와 거울 앞에 선
> 내 누님같이 생긴 꽃이여.

노오란 네 꽃잎이 피려고
간밤엔 무서리가 저리 내리고
내게는 잠도 오지 않았나 보다.
　「국화 옆에서」(시집『서정주시선』에서)

위 시는 교과서에 실린「국화 옆에서」라는 시이다.
누가 지었는지 알겠지요?
미당 서정주 선생이다.
우리나라의 많은 시인 가운데 한(恨)을 가장 아름답게 승화시킨 서정주 선생 또한 자작시에서 '나를 키운 것은 8할이 바람이었다'고 밝혔다.
그러나 알고 보면, 미당 선생도 삶의 큰 고비마다 방향을 틀어준 스승이 한 분 계셨다고 한다.
그런데 지금 우리의 현실은 어떠한가? 흔히 '선생은 많아도 참 스승은 드물다'고 한다.
왜 그렇게 되었을까?
모르긴 몰라도 선생 스스로가 성실하게 보듬지 않았거나 자부심을 키우지 않은 탓은 아닐까? 선생으로서 어려운 고비에 처한 제자 하나 방향을 올바르게 잡아주지 못했다면 참 스승의 보람을 느낄 수 있을까?

이와는 반대로 대학까지 다닌 사람으로서 가슴에 갈무리해 두고 평생 존경할 만한 스승 한 분 모시지 못했다면 그것은 더 큰 인생의 불행인지도 모른다.

2부

논문도 물 흐르듯이 써야

여성예찬의 명구를 찾아서
「진달래꽃」의 전통성
「메밀꽃 필 무렵」은 명품인가

여성예찬의 명구를 찾아서

여성예찬의 연원

여성예찬의 예는 동양 최고의 고전이라고 일컫는 『시경』 첫머리 첫수에 나타나 있다.

아래에 첫수 첫머리 4행을 인용한다.

꾸욱 꾸욱 비둘기	關關雎鳩
강안 뭍에서 울 듯이	在河之洲
얌전한 아가씨야	窈窕淑女
사내의 좋은 배필	君子好逑

남녀 간의 사랑을 노래한 「관저(關雎)」라는 시는 총 20행인데 '요조숙녀(窈窕淑女)'란 구가 4행이나 차지하고 있듯이 동양 최고의 경전인 『시경』마저 이상적인 여성을 일컫는데 '요조숙녀(窈窕淑女)'라는 형용사를 동원했다. 주석가들은 '요조'를 '幽', '閒(閑)', '貞', '靜'이라고 주석하고 마음이 깊고 그윽하다, 행동거지는 여유가 있고 한가하다, 절개는 곧고 태도 또한 고요하다고 풀이하고 있다.

『시경』의 여성예찬은 그대로 동양적인 여성예찬으로 굳어져 정적이며 고전적인 여성미의 귀감이 되었다.

우리나라도 『시경』의 그것처럼 예찬의 테두리에서 벗어나지 못했으며 여성 자신 또한 얌전과 고요한 아름다움을 장점으로, 아니 천분으로 여겼는지도 모른다.

조선조소설 중 백미의 하나인 「춘향전」에서 춘향의 거동을 묘사한 부분을 인용한다.

춘향의 고운 태도, 염용하고 앉은 거동, 백석창파
새 빛 뒤에 목욕하고 앉은 제비 사람보고 놀라는 듯,
별로 단장한 일 없이도 천연의 국색이라.
옥안을 상대하니 여운간지명월이요, 단순을 반개

하니 약수중지연화로다.

춘향의 얌전하고 조용한 태깔을 예찬하고 있다.

여성을 예찬하는 말로 '물 찬 제비', '구름 사이의 달', '꼭 다문 입술', '그린 듯이 가지런한 아미 같은 눈썹' 등의 어구는 액세서리처럼 따라다녔다. 미인의 차림새를 두고는 '회장저고리', '긴 치마', '외씨 보선', '수당혜' 등으로 묘사했다. 그런 탓인지 모르겠으나 지금까지도 오랜 전통과 미풍으로 굳어진 탓인지 시인이나 묵객들의 단골 메뉴가 되고 있지 않는가.

이런 여성예찬은 온고지신(溫故知新)으로 아름답고 그리운 면이 없는 것은 아니나 우주시대인 지금 이를 답습한다는 것은 환상을 좇는 것과 같아서 아름다운 반동으로 대접받을 우려마저 있다.

시대는 바뀌고 사람의 의식도 변했다.

남녀동등의 시대가 된 지 오래다. 아니, 모든 면에서 여성이 남성을 압도하고 있는지도 모른다. 미 **LPGA**에서 한국 낭자들의 선전이 이를 단적으로 말해 주고 있다. 이번 벤큐브 올림픽에서 여자 싱걸 피겨사상 최고의 점수를 획득한 김연아의 인기는 세계를 들었다 놓았다

하지 않았는가. 해서 지금은 온전히 여성상위시대가 된 것 같은 느낌마저 든다.

이런 여성상위시대에 '아미같은 눈썹', '외씨 보선'처럼 의고적으로 노래해 보았댔자 그것은 이미 흘러간 꿈, 봉건적인 미에 대한 감상이거나 연민이다.

아니, 시적인 만가에 불과할지도 모른다. '一자로 그린 듯한 초생달 같은 아미', '그믐달 같은 눈썹'이며 '擧案齊眉', 곧 밑으로 내리깐 데다 얌전하며 다소곳한 눈매를 예찬한 것이야말로 여성을 외적으로 쏠리는 관심을 의도적으로 막아 버린 셈이 된다. '회장저고리', '자주 고름'은 자연스런 가슴의 풍부함과 날랜 활동을 저지했다. '질질 끌리는 긴 치마'는 일생 동안 여성을 안방과 마루의 순례자로 만들어 버렸다.

'외씨 보선', '수당혜'는 일종의 전족, 그녀들에게 먼 문밖 활동을 못하게 한 것은 아닌지 생각해 볼 일이다.

여성의 남성적 성향은 수치심의 결여에서도 나타나고 있다.

노랑 저고리, 연분홍 치마가 바람에 휘날리며,
다소곳이 앉아 고름만 잘근잘근 물어뜯던

그런 옛날이 그립습니다.

이런 종류의 동경은 아득한 옛날이 되고 말았다.

현대의 그네들은 귀뿌리의 야릿야릿한 간지러움이나 앵두같은 볼의 불그레함이나 복숭아 빛 볼을 잊은 지 벌써 오래다. 그네들 중 일부는 무화과 잎이나 가랑잎조차 거추장스러울 것이다. 그네들은 반나(半裸)나 전나(全裸) 등 누드를 내세우기도 하고 진이(眞伊)까지 들먹이며 시위까지 하지 않는가.

이런 행동이 전통을 해치는 것은 아닐까.

그런 의미에서 고전문학에 나타난 여성예찬을 일별하는 것도 일리가 있지 않을까 한다.

여성어의 정감

여성의 아름다움을 '샛별 같은 눈매', '초생달 같은 눈썹', '방긋방긋 웃는 웃음', '고운 입술과 박씨같은 이'에서 찾았다.

그런데 그 웃음이 아무리 구름처럼 아름답다고 해도,

그 입술이 석류마냥 곱다고 해도, 그 웃음 끝에 영롱히 빛나는 초승달 같은 언어, 석류 주머니를 열고 도란도란 드러나는 사연이라고 하더라도 여성 예찬은 한낱 병풍에 그린 원앙새 같은 정물에 불과한 것은 아닐까. 여성 예찬은 오로지 그네들의 낭랑한 목소리, 교묘하고 변화무쌍한 악센트, 다채롭고 화려한 언어에 있기 때문이다. 그것도 언어 예술의 최고는 바로 시에 있다.

시야말로 최고도로 정화되고 순화된 언어의 결정체란 점에 있어 더욱 그렇다.

여성의 언어는 인류 언어 중에서 최고의 시이다.

따라서 여성은 나면서부터 시인이다.

여성은 여러 가지 의미에서 미래의 시인이 되고도 남는다.기에는 평범한 여성조차도 예외가 있을 수 없다.

문제는 여성의 언어가 외국어처럼 황홀하고 난해하다는 데 있다. 그네들의 언어를 이해하려면 민첩한 동시통역이 필요하다. 아니 시의, 여성의 언어는 동시통역이 불가능할 만큼 상징적이다.

그러면 이를 보다 상세히 서술하기로 한다.

첫째, 여성어는 요설(饒舌)과 다변(多辯), 곧 총알처럼 쫑알대는 수다함에 있다. 동서를 막론하고 여성에게

침묵과 무언을 강조한 탓인지 여성을 두고 '유한(幽閑)', '정정(貞靜)'을 즐겨 썼고 서양에서도 '침묵이 금'이라는 금언까지 생겼으니.

그렇다고 해도 절로 흘러나오는 예지의 샘물, 앵무새같이 재잘대고 싶어하는 자랑과 하소연과 흉내는 막을 길이 없다. 마을의 샘가나 시냇가 빨래터, 도시의 공동수도(지금은 옛날이야기가 됐지만), 그네들의 회의를 볼 것 같으면 본연한 변재(辯才)와 다채로운 토의사항, 언어 경연의 콩쿨대회에 나간 것이나 다름없으니 여기서 부연해 뭣하랴.

때늦은 감은 있으나 지금이라도 여성으로 하여금 마음껏 재잘대게 해서 인생의 하숙이 아닌 삶의 주택에 살게 해야 할 것이다. 그네들의 다변과 수다는 눌려 지내는 불평과 누적된 불만과 약자로서 하소연의 통풍구, 사람의 주택이기 때문이다.

둘째, 언어의 속도다.

그네들의 말씨를 보면 봉건시대에는 한없이 느리면서도 전아함을 특색으로 하고 있다.

국문학에 있어 궁중문학, 내방문학의 우수성은 주로 그런 데서 찾을 수 있다.

초간택이 되니 선대왕께옵서 용렬한 재질을 천보로 여기시어 과히 융숭히 하시어 각별히 어여쁘게 여기시고 정서왕후께서도 가까이 보시고 선희궁께서는 오시어 간선하는 보계에 오르지 아니하시고 먼저 불러 보시고 화기만안하시니…

선인이 들어오셔서 선비께 아 아이 수망을 드리니, "이 어떤 일인가?" 하시고 근심하시니, 선비 말씀하시기를 "한미한 선비의 자식이니 들여보내지 말았으면…" 하시고 양위 근심하시던 말씀을 잠결에 듣고 자다가 깨어 마음이 동하여 자리에서 많이 울고 궁중이 사랑하던 일을 생각하니 놀라워 즐기지 아니하니, 부모 도리어 위로하시고 "아이가 무슨 일을 알 리." 하시니 내 초간택 후로 심히 슬퍼하는 것을 괴히 여기시니, 궁중에 들어와 억만창생을 겪어 그리 마음이 스스로 그러하였던가. 일변 괴이하고…
「한중록」 – 원문을 읽기 쉽게 윤문했음. 이하 같음

낸들 무슨 일을 아니 헤아리오마는 동서도 모르는 아이 슬하에서 자라는 것이나 보려고 했더니, 위력으로 앗아다가 가는 곳도 이르지 아니하다가 죽였으니 애가 끓는 듯 살을 베는 듯하니. 서러움을 참지 못하

여 어머님이시며 내 일로 서러워 죽은 동생들을 생각
하니 이제 죽으면 지하에 가도 부형에게 반가이 뵙지
못하여 부끄러울 것이며 외로이 돌 것이니. 참는 일이
많아 죽지 못하니 무슨 원수로 이런 서러운 일을 볼
것이가, 지은 죄 없으니 설움은 내 받으나 선왕께 한
것이니, 한갓 나를 미워하는…   「계축일기」

앞의 인용문은 사도세자 비인 혜경궁 홍씨가 만년에
회고적으로 쓴 『한중록』의 독백, 뒤는 선조의 계비로
폐모되고 아기까지 무참히 빼앗긴 인목대비가 궁녀에
게 답한 내용이다.

말 대신 글이긴 하지만 원래 말도 이런 정도에서 크게
벗어나지 않았을 것이라고 짐작되나 처참한 정황을 서
술한 언어인데도 줄기차게 느리고 우아함의 일색이다.

셋째는 여성어의 고저음이다.

여성의 음성은 워낙 금속성이 본질이요 쨍쨍한 것이
특징이다. 여성 성악가 중에서 소프라노가 많다는 것은
이를 단적으로 시사한다. 여성들의 얼굴이 아무리 못 생
긴 무염(無鹽)이나 돈흡(敦洽) 같다 하더라도 그네들의
낭랑하고 정다운 목소리는 상상 이상의 동경, 매혹 이상

의 감정을 느끼게 한다.

그네들은 웅변가의 억양법과 과장법도 충분히 습득해서 놀라운 일에는 저음을 토하고 대수롭지 않은 일에는 최고의 기성을 발하기 일쑤이다.

아래에 인용한 시조를 감상하면 이해가 될 것이다.

묏버들 가지 꺾어 보내노라 임의 손에
자시는 창 밖에 심어두고 보소서
밤비에 새잎 갓 나거든 날인가 여기소서.

솔이 솔이라 하니 솔만 여겼도다
천심절벽에 낙락장송 내 기로다
길 아래 초동의 겸낫이야 겨뤄 볼 줄 있으랴

앞의 시조는 홍랑(洪娘)의 작으로 사뭇 여성적인 고운 말씨로 가련한 처지를 하소연의 노래이다.

뒤의 것은 소이의 작으로 속된 남성들이 귀찮게 덤벼드는 것을 야유한 내용이다. 두 편 다 나름대로 특징이 있겠으나 전자는 여린 말씨를 좋아하고 후자는 거센 남성에 대항하는 말씨가 뚜렷하다.

여성어에는 여성 자신의 정서가 깃들어 있다.

남성에게는 여보, 당신, 그이, 자네 등은 살벌한 단어일지 모르나 일단 여성의 입에서 나오는 순간, 언어의 마술사에 홀린 듯 다정한 말씨로 변한다. 최고의 찬사에 값하는 여성의 언어도 반대로 전환하는 예가 없지 않아 있긴 있다. 여성들의 왜곡된 눈썹, 비틀리는 푸른 입술을 통해 나올 때는 딱한 풍경, 성가신 청감(聽感)에 해당되는 경우이겠기 때문이다.

그런데 욕설과 싸움은 때로는 고성이 필요할지 모르나 그러한 경우에도 어느 시인의 애인, 그네의 꾸지람마저 시적으로 미화하여 아름답고 성스럽게 할 수 있는 장점이 곧 여성어이고 여성어의 정서라고 할 수 있다.

여성의 작품으로 고조선 때 백수광부 처의 「공무도하가(公無渡河歌)」, 진덕여왕의 「치당태평송(致唐太平頌)」이 있으나 믿을 것이 못된다.

그에 비해 훈민정음이 창제된 뒤 그 보급의 일환으로 불경언해를 추진하면서 내간체가 형성되었는데 이는 여류문학의 원동력이 되기도 했다.

정음이 창제된 이래『석보상절(釋譜詳節)』과『월인천강지곡(月印千江之曲)』, 그리고 계속된 불경언해(佛

經諺解)로 말미암아 정음이 문자로 정착하게 되었다. 이어 성종의 어머니인 인수대비에 의해『내훈(內訓)』과『여사서(女四書)』가 간행되어 여류문학이 뿌리를 내리게 되었으며『두시언해(杜詩諺解)』와『소학언해(小學諺解)』등으로 싹이 텄다.

그러나 삼강오륜의 하나인 남녀유별(男女有別)이 삼종지도, 칠거지악, 남존여비, 남녀칠세부동석 등으로 악용되어 여성들에게 올가미를 씌우더니 급기야 문자 교육까지 금기시했다.

뒤늦게 여성의 배움은 정음을 언문(諺文), 안글, 뒷간 글이라 해서 배우게는 했으나 편지를 써 안부를 물을 정도의 배움이 전부였으니 딱한 제도의 올가미였다.

그런데도 여류의 작품이 가뭄에 콩 나듯 했으니 그나마 다행이랄까.

신라나 고려에도 총기로 빚은 즉흥적인 노래가 있었다. 향가 중 여성의 작으로 알려진 희명의 「도천수대비가」야말로 참으로 값진 보배가 아닐 수 없다.

백제 지역의 유일의 시가「정읍사」, 고려가요의 백미「서경별곡」「가시리」, 그리고「사모곡」「유구곡」「상저가」가 이채롭다. 비록 구전되다가 정음이 창제된 뒤

문자로 기록된 것이긴 하지만.

정음의 서문 그대로 사람마다 쉽게 익혀 날마다 쓰는 취지와는 달리 소수의 여성만이 향유해 남은 작품은 손에 꼽을 정도니 생각할수록 안쓰럽다.

손에 꼽을 정도이나 그 중 혜경궁 홍씨의 「한중록(閑中錄)」은 백미라고 할 수 있다.

의령 남씨(한때 연안 김씨로 알려졌음)의 「의유당일기(意幽堂日記)」, 무명 궁녀의 작으로 알려진 「인현왕후전(仁顯王后傳)」, 영창대군의 궁중비사를 기록한 「계축일기(癸丑日記)」 등도 함초롭다.

그외 내방가사하며 「원부가」「규원가」 등도 있다.

여성 정서의 귀감이라고 할 수 있는 시조를 인용한다.

청산은 내 뜻이고 녹수는 임의 정이
녹수 흘러간들 청산이야 변할 것인가
녹수도 청산도 못 잊어 울며 가는가

청산리 벽계수야 수이 감을 자랑 마라
일도 창해 하면 다시 오기 어려우니
명월이 만공산하니 쉬어간들 어떠리

다음은 이 분야의 첫손으로 꼽는 시조를 인용한다.

어저 내 일이야 그릴 줄을 모르던가
있으라 하더니 가랴마는 제 구태여
보내고 그리는 정은 나도 몰라 하노라

동짓달 기나 긴 밤을 한 허리 베어내어
춘풍 이불 아래 서리서리 넣었다가
어른 임 오신 밤이면 굽이굽이 펴리라

위는 송도삼절의 하나로 널리 일컬어지는 진이의 시조이다. 비록 기생이라 하지만 그네의 노래는 보통이 아니며 가멸찬 수준 이상이라고 하겠다. 여기에는 잦은몰이가 언덕을 사알짝 넘어가듯 읽는 노래, 보는 노래가 아닌 부르는 노래의 멋이 넘치기 때문이다.

화담 서경덕과 박연폭포, 그네를 두고 개경 삼절의 하나라고 하지만 노래인 만큼 감칠맛은 비록 거나하다 해도 가슴에 스며드는 입김은 뒤진다.

이는 전통의 새김질이 덜하고 표상이 차지지 못해서라고 할 수 있을지 모르겠으나 동짓달 기나 긴 밤, 그 밤의 한 허리를 베어내어 님이 오시는 밤, 긴 밤도 짧은 봄밤에 비겨 이불 속에 서리서리 펴서 단꿈을 꾸겠다는 심사야말로 이 분야의 백미이다.

자하 신위는 음미하다 못해 칠언절구로 옮겼다.

截取冬之夜半强
春風被裡屈蟠藏
燈明酒欄郎來夕
曲曲鋪成折折長

위의 칠언절구로 번역한 한시를 보면, 불러제끼는 노래가 아니기 때문에 그네의 곱살스런 심사가 곧장 드러나지 않아 단가가 갖는 즉흥도 아님을 알 수 있다.

그네의 작인 「만원대회고(滿月臺懷古)」는 고려 유신들의 회고가(懷古歌)에 뒤지지 않은 작품이다.

박연폭포를 두고 쓴 시 「박연폭포(朴淵瀑布)」 또한 이백의 여산폭포에 맞선 작품이라고 하겠다.

「별김경원(別金慶元)」은 안스런 여인의 심사를 실타래를 풀어내듯 했는데 그네가 기녀가 아닌 양반가 규수임을 여실히 드러낸 작품이다.

삼세의 굳은 인연으로 좋은 짝이더니　　三世金緣成燕尾
이승서는 생사 둘만 남아　　　　　　　此中生死兩心知
양주의 언약 내 저버리겠소　　　　　　揚州芳約吾無負
다만 두목처럼 한량이라네　　　　　　恐子還如杜牧之

앞의 시조에서는 보내고 그리는 정에 볼모가 되어 벽
계수를 탓하는 명월이 된 것은 그렇다 치고라도 더는 그
럴 수 없어서였던지 이승과 저승의 인연을 맺어준 중매
에 내생까지 약속한 연분은 우리 자신만이 아는데, 두목
이 강소성 유흥가 청루에서 논 것을 본받기는 했으나 님
이 놀고 있는 것을 오히려 걱정하고 있으니 안스런 여인
의 심사가 분명하다 하겠다.

한시로는 허 난설헌이 독보적이다.

그만큼 그네는 한시에 능했다.

그네는 허균의 여동생으로, 일찍부터 삼당 시인 손곡
이달에게 사사까지 받았는데 안타깝게도 27세로 요절
했다. 신위는 독장으로 다뤘고 황현은 독상으로 대접해
서 그네의 한시를 높이 샀음은 우연이 아닐 것이다.

『난설헌집(蘭雪軒集)』은 나라에서 주조한 재주 갑
인자로 인출되었고 이어 목판본으로도 찍어냈으며 동

래에서는 중간본이 인출되기도 했다. 명나라와 왜에서
도 간행될 정도로 유명했다.

「유흥(遺興)」 8수 중에서 3수를 아래에 옮긴다.

내게 고운 비단 한 단 있는데	我有一端綺
털고 씻어 때깔도 으리으리해	拂拭光凌亂
더욱이 한 쌍 봉황 수 놓여 있어	對織雙鳳凰
그 무늬 어찌나 찬란한지	文章何燦爛
몇 해를 상자 속에 숨겨뒀다가	幾年篋中藏
오늘 아침 님에게 꺼내 드리니	今朝持贈郞
당신 바지 짓는 거야 아깝지 않으나	不惜作君袴
남의 치마는 짓게 하지 마셔요	莫作他人裳

진작 삼당 시인으로 일컫는 손곡에게 사사해서 시의
격률을 닦는 솜씨 그대로다.

더구나 아낙의 야무진 속셈을 나름대로 휘감아 마무
리한 솜씨는 보석처럼 빛나지 않는가.

당신의 바지나 저고리를 해 입는 것은 상관없으나 씨
앗의 치마감으로 주는 것은 두고 볼 수 없다는 실타래는
사뭇 당부에 불과하긴 하지만.

이런 심사는 남정네로서는 표현할 수 없을 것이다.

옥봉의 「만흥증랑(漫興贈郎)」을 옮긴다.

그네는 조원의 소실로도 유명하다. 그네의 시는 『가림세고(嘉林世稿)』에 부록으로 전하며 중국의 『열조시집(列朝詩集)』에 33수나 수록되어 있다.

강 머리 버들 가 오화마 울어	柳外江頭五馬嘶
게슴츠레해져 누각에서 내려온다	半醒半醉下樓時
봄을 타는 야윈 볼 거울 앞에서	春紅欲瘦臨粧鏡
매창에 비겨 눈썹 그리오	試畫梅窓半月眉

다음으로 매창의 시 「자한(自恨)」을 옮긴다. 그네는 부안 기생으로 지금도 무덤을 찾는 이가 끊이지 않는 것을 보면 그네의 시가 옹골차기 때문일 것이다.

추운 봄날 옷을 깁는데	春冷補寒衣
햇볕이 따사로워 사창에 기대다	紗窓日照時
고개 숙여 손에 맡겨 두니	低頭信手處
눈물지는구나 바느질감에	珠漏滴針線

그네의 아름다움과는 달리 시는 대개 눈물로 먹을 갈아 시름으로 엮어서인지 무척 구성지다.

버림받은 몸인데도 시만은 물먹은 눈방울이 관조를 넘어 동화를 낳는 것은 그나마 다행이랄까.

끝으로 부용당 운초의 「자조(自嘲)」 첫 수를 옮긴다.

사곡야 화예부인 같이 어렵고	詞難花藥似
시문으론 어찌 난설헌과 같으리	文豈景樊同
뜬소문이 날 속였구나	浮譽眞欺我
잦은 서울 나들이 번거로울 뿐	頻繁到洛中

시어를 풀이함에 있어 화예는 사곡의 명인 화예부인이고 경번은 난설헌 허부인의 자인데도 무지의 소치로 화예를 꽃술로, 경번을 경치로 풀이하는 우를 범하기도 했다. 여인의 심사 그대로 선배에게 미치지 못할까 그것이 안타까워한 의표를 가식없이 표현되어 있다.

이밖에 여성이 쓴 내방가사로 「화전가(花煎歌)」, 「원부가(怨婦歌)」, 「규원가(閨怨歌)」 등이 있으나 한시에 비해 수준이 떨어진다.

위에서 살펴보았듯이 여성어의 최대 보배는 그네들

이 언어로 연출한 바로 그네들의 정서에 있다고 하겠다.

외면 예찬

고전소설에 나타난 여성예찬은 과장되거나 강조되었
는데 먼저 외면 예찬부터 보기로 한다.

소설에 나타난 여주인공 예찬은 손이나 손목을 비유
나 묘사를 동원해서 예찬하고 있음을 흔히 볼 수 있다.

사양을 받으면서 삼각산 제일봉에 봉학이 앉아 춤
추는 듯, 두 활개를 살포시 들고 춘향의 섬섬옥수를
반듯이 겹쳐 잡고…   「춘향전」

섬섬옥수로 전라도 진앙초에 평안도 삼등초를 설
설 펴고 얼른 청동화에 담아 숯불 불 붙여서 춘풍전에
드릴 적에…   「이춘풍전」

한탄하면서 금침을 깔고 그 위에 앉아서 섬섬옥수
로 비수를 잡아서 가슴을 푹 찌르고 엎드려서 죽어 버
리니…   「숙영낭자전」

헐룡에게 목욕을 시킨 뒤에 섬섬옥수로 빗을 잡고
만수산발 헝큰 머리를 어리설설 빗겨서 황라상투를
짜 주고…   「옥단춘전」

연상을 꺼내 먹을 많이 갈고 청황모 무심필을 흠썩
풀고 백룡화세지를 연상 위에 펼치더니 섬섬옥수로
붓대를…   「채봉감별곡」

위에서 보듯이 여인의 손을 두고 한결같이 '섬섬옥
수'로 찬양하고 있다. 섬섬은 가냘프고 연약함의 뜻이
고 옥수는 임금이나 어른들의 손을 말하기도 하나 주로
옥같이 고운 여인의 손을 찬양하는 단어이다. 옥은 맑고
깨끗하며 매끈하다는 이미지인데 여성의 손을 찬양했
는데 이는 그 고결함을 예찬하기 위해서이다.

광한루 구경처에 그네를 매고 네가 뛸 제 외씨같은
두 발길로 백운간에 노닐 적에 홍상자락 펄펄, 백양사
속곳이가…   「춘향전」

여성의 발은 남에게 함부로 보여주는 것이 아닌 탓인
지 발에 대한 찬양은 손에 대한 예찬만큼 많지 않다.

버선이나 신에 가려 보이지 않아서인지 발가락에 대한 찬양은 전혀 보이지 않는다. 그런데도 발만을 내세워 외씨에 비유해 예찬한 것은 외씨가 작고 아담하며 매끈한 이미지를 담고 있기 때문일 것이다.

발에 비해 피부에 대한 찬양은 매우 다양하다.

흰 눈같은 살결에 꽃같은 얼굴이 남방에 유명키로 방첨사 병부사 군수 현감 관장님네 엄지손가락이 두 뼘 가웃씩 되는…　　　　　　　　　　　　「춘향전」

시부는 비복을 시켜서 불 때까지 매질하라고 엄명하니 사정없이 때리는 비복들의 매를 맞는 낭자의 백옥같은 귀밑에는 흐르나니 눈물이요 눈같은 흰 살결은 유혈이 낭자하더라.　　　　　　　　「숙영낭자전」

여인의 아름답고 고운 피부를 두고 눈의 시각적 이미지를 극대화해서 여인의 곱고 흰 피부를 찬양하고 있다.

눈에 비유한 것은 눈은 희고 깨끗하며 그러면서 차다는 이미지가 강하기 때문일 것이다.

형산의 백옥덩이가 춘향에 비길소냐 옷이 활짝 벗
겨지니 도련님 거동을 보려하고 슬금히 놓으면서…
　　　　　　　　　　　　　　　　　　　　　「춘향전」

판사 눈을 들어 보니 그 계집이 연기 이십은 되었
고 용색이 백옥같으니 요요작작한 절대가인이라.
　　　　　　　　　　　　　　　　　　　　　「박씨전」

백옥같이 하얀 얼굴에 새까만 두 눈이 이 쪽을 보
고 앵도같이 빨간 조그만 입술은 바르르 경련을 일으
키며…
　　　　　　　　　　　　　　　　　　　　　「조웅전」

옥은 아름답고 고운 이미지를 풍긴다. 옥 중에서도
형산의 옥이 가장 곱고 아름다운데 그런 형산의 옥에 비
유해 피부를 예찬하고 있다.

한 선녀가 옥두꺼비를 안고 한가히 조울거늘 살빛
은 달빛같고 얼굴빛도 달빛같으니 눈이 부시어 감히
우러러보기…
　　　　　　　　　　　　　　　　　　　　　「두껍전」

공주는 구진화관을 쓰고 육출문옥패를 차고 칠보

여성의 피부를 달빛에 비유해서 예찬하고 있다.

'박속같은 살결', '빙설같은 두 다리' 등 피부가 흰 것을 예찬하고 있으며 '구름같은 살점'이라고 해서 살을 구름에, '얼굴빛은 찬연히 빛나는 아침이슬에 젖은 해당화같다'고 해당화의 이미지에 비유하기도 했다.

고전소설에는 허리를 찬양하는 단어도 등장한다.

주로 여인의 가는 허리를 예찬하고 있는데 '세류같이 가는 허리', '가는 허리는 마치 버들가지처럼 부드럽고'처럼 관능적으로 찬양했다.

이에 비해 추녀나 악녀에 대한 묘사는 다르다.

악녀나 추녀를 서술할 때는 얽은 얼굴을 두고 '얽기는 콩멍석같으니'나 얼굴의 피부를 두고는 '푸르고 거무데데할 뿐더러 얽기까지', '안색이 먹칠같고' 등으로 추함을 드러내기도 했다. '허리는 두 아름이나 되는', '퍼진 허리는 열 아름은 되고' 등으로, '보기 싫게 뚱뚱해진 허리는 결코 미인의 기억을 남겨놓고 있는 것 같지는 아니하고' 등 사뭇 과장해서 표현하고 있다.

얼굴에 대한 찬양도 자주 나타난다.

'화월 같은 얼굴', '옥면화안', '꽃 같은 얼굴', '꽃다운 얼굴', '아름다운 얼굴은 꽃빛처럼 곱고' 등 여성의 얼굴을 꽃에 비유해서 예찬하고 있다.

애랑의 거동 보소. 설음 벌로 지어 도화옥빈 고은 얼굴 웃는 듯 벙기는 듯 한심 장탄하는 말이…
「배비장전」

평안도 월경촌에 계집 하나이 살고 있으되 얼굴은 춘이월 반개도화라 옥빈에 어리었고 초생의 지난 달빛이 …
「변강쇠전」

부인이 시랑을 청하여 아회를 뵈니 얼굴이 도화같고 향내 진동하니 진실로 월궁 항아라 기쁨이 측량 없거시나…
「홍계월전」

이처럼 여성의 얼굴을 도화에 비겨 예찬하기도 했다.

이밖에도 '얼굴빛이 이화 같아서', '옥면에 젓는 형용 춘풍세우 도화가지', '백옥같이 수심 어린 얼굴', '옥안을 번 듯 들어', '옥모경안의 기묘한 절색' 등 옥에 비유해서 예찬하기도 했다.

야성의 얼굴을 달에 비유해서 '얼굴이 뚜렷하여 천심에 돋은 달이 수변에 비최는 듯', '얼굴은 가을달이 구름에 잠기듯', '얼굴은 구름 속의 보름달 같고' 등으로 표현해 여성의 얼굴을 환하고 깨끗함을 드러내기도 했다.

옛 사람들에게 있어 달은 영원한 생명을 지닌 동경의 대상이었다. 그 까닭은 달이 맑고 밝으며 둥글다는 데서 원만성에서 찾았기 때문일 것이다. 그런 원만함을 신체에 비유시켜 찬양했으며 그것도 초생달, 보름달, 그믐달, 반달에 비유해서 주로 예찬했다.

눈을 찬양한 예를 들어보기로 한다.

추파를 흘리뜨니 새벽비 개인 하늘 경경한 샛별같고 팔자 청산 가는 눈썹 초생편월 정신이오. 「심청전」

여인의 아름다운 눈을 두고 새벽이면 더욱 빛나는 샛별에 비유해서 별같이 아름답다고 찬양하고 있으며 '맑은 눈동자'니, '푸른 눈동자'니 해서 여인의 아름다운 눈동자를 두고 예찬하기도 했다.

그에 비해 추녀에 대한 묘사는 다르다.

용모를 의논할진되 두 볼은 한 자가 넘고 눈은 퉁
방울같고 코는 질병같고 입은 매기같고 머리털은 돼
지털같고…   「장화홍련전」

눈을 들어 신부를 보니 키는 거의 칠 척이 되고 퍼
진 허리는 열 아름은 되고 높은 코와 내민 이마, 둥근
눈방울은 끔찍이 험하고 수족이 불안하여 걸음을 저
는데 인색이 먹칠같고…   「박씨전」

「장화홍련전」에서 계모인 허씨의 눈을 두고는 퉁방
울에 직유시켜 못생김을 묘사하고 있다.「박씨전」에서
는 전생의 악업으로 추한 허물을 뒤집어쓰고 있는 박씨
를 둥근 눈방울은 끔찍이 흉하다고 표현했다.
여성들의 입과 입술을 찬양한 예도 있다.

채봉은 이 말 듣고 앵두같은 입술을 열어 묻더라.
                                          「채봉감별곡」

백옥같이 하얀 얼굴에 새까만 두 눈이 이쪽을 보고
앵도같이 발간 조그만 입술은 바르르 경련을 일으키
며 웃소 있지 않는가.   「조웅전」

계랑이 아직은 맑은 목청을 아껴 앵두같은 입술을
꼭 다물고 고운 입술을 열지 아니하여 아직도 맑은 노
래 곡조를…   「구운몽」

앵두는 작고 붉으며 앙증스럽다.

미인의 입술은 작고 앙증스러워야 예쁘듯이 여인의
입술을 앵두에 비겨 찬양하고 있다.

이밖에 '붉은 입술'을 한자성어로 '단순호치(丹脣皓
齒)', '호치단순(皓齒丹脣)', '옥안주순(玉顔朱脣)'니
해서 붉은 입술을 예찬했다. 그것도 작고 크게 벌리지
않는 것을 찬양하고 있다.

미인의 치아에 대해서도 표현했다.

'흰 이'니, '호치'니, '박속같은 잇속'이니, '고운 이'
니 해서 희고 깨끗함을, 미인의 볼을 두고는 '꽃같은 뺨'
이니, '뺨은 부풀어져 외롭게 둥근 흰 달과 같은데'니 해
서 찬양하고 있다.

그에 비해 추녀에 대해서는 '두 볼은 한 자가 넘고'
니, '얽은 것이 추레해서' 등 추함을 지나치게 드러냈다.

볼을 찬양하기도 했다.

'꽃송이 꽃', '둥근 흰 달'에 비유해 찬양했고 연인의

볽은 연지처럼 적당히 곱고 불그레하며 둥근 달과 같이 적당히 살이 쪄야 미인 대접을 받았던 시대의 표현이다.

미인의 머리를 두고는 '난초같이 푸른 머리 광채가 찬란하고'니, '흑운같이 생긴 채진 머리'니, '삼단같은 채머리'니, '구름같은 머리채'니 해서 깨끗하고 청초하며 은은함을 찬양했다.

내면 예찬

여성 예찬은 외면에 치우친 감이 없지 않아 있다. 여인의 외면에 대해 서시, 양귀비, 사마상여에 견줘 찬양했거나 그 이상인 월궁 선녀에 비유시켜 예찬하고 있으나 그렇다고 내면 예찬을 소홀히 한 것은 아니었다.

고전에 나타난 여성은 용모가 빼어났다고 해서 미인 대접을 받은 것은 아니었다.

곱고 예쁜 외모를 가진 여성이라 할지라도 높은 덕성과 품성을 지녀야 미인 대접을 받았다.

품성과 덕성을 지니지 못한 여성은 향기가 나지 않은 요란한 꽃에 지나지 않았다. 그런 탓인지 품성과 덕성을 드세워 예찬했는지 모른다.

　일부종사하려 하고 일마다 하는 행실 칠석같이 굳은 뜻이 청송녹죽 전나무 사시철을 다투는 듯 상전벽해 될지라도 내 딸 마음 변할손가 금은보화 산같이 쌓여 있을지라도 받지 아니할…　　　　　「춘향전」

　또한 현철하여 임사의 덕과 장강의 색과 목란의 절개라 예기 각례 내직편과 주남 소남 관저시를 모를 것이 바이 없고 봉제사 접빈객과 인리에 화목하고 가장 공경 치산범절 백진사가감이라.　　　　　「심청전」

　십여 세가 되어 가니 얼굴이 일색이오 효행이 출전이라 소견이 능통하고 재조가 절등하여 부친전 조석 공양과 모친의 기제사를 지극히 공경하여 어른 압도하니 뉘 아니 칭찬하리.　　　　　「심청전」

효행이 지극한 데다 착한 성품을 가졌으며 글 읽기를 좋아하고 예의까지 바르다. 게다가 백옥같은 정절까지 지녔으니 남성들은 더 이상 바랄 것이 없었을 것이다. 「심청전」의 곽씨 부인 또한 예외가 아니다.

딸 심청 또한 어머니를 빼닮아 효의 화신이며 「장화홍련전」의 두 소저도 '부모를 효성으로 받들더니 점점 자라 십오 세에 이르매 덕을 구비하니' 해서 덕을 갖춘 아가씨로 예찬하고 있다.

전후곡절을 잘 살피고 늦게 자고 일찍 일어나서 부지런하며 승상 부부를 친부모처럼 지성으로 섬기고 여러 남녀 비복을…　　　　　　　　　　　　「숙향전」

신부는 시부모를 효성으로 섬기고 남편을 애경으로 섬기며 본실 숙영 낭자와도 서로 시기를 모르고 화합하여…　　　　　　　　　　　　「숙영낭자전」

그 중에서도 옥단춘이라는 기생은 지체가 비록 기생이나 행실이 송죽 같고 본심이 정결하여 도임하는 수령들과 감사…　　　　　　　　　　「옥단춘전」

정숙한 여성을, 마음이 빙옥같이 깨끗한 데다 부지런하고 어른을 공경하는 인덕마저 지녔다고 예찬했다.

이런 덕성 찬양은 본부인뿐 아니라 후처나 소실도 그렇다. 한 술 더 떠 본처에 대한 시기심마저 초월한 여성

이라고 찬양했다. 비록 기생의 신분이라 할지라도 예외
가 아니어서 덕성과 지조를 지녔다고 찬양했던 것이다.

> 학문과 도덕이 남편만큼 높고 마음이 인자하고 현
> 숙해서 주위 사람들은 물론 비복 간에도 열렬한 존경
> 을 받았는데…　　　　　　　　　　　　「양산백전」

> 마음 쓰심이 언제나 한결같이 변동이 없으시고 희
> 노를 타인이 아지 못하고 무심무념한 듯하시고 성질
> 이 유한하시고 덕도가 빈빈하시고 효성이 남달리 뛰
> 어나시고 마음이 겸손하시어 모든 면에서 화기 봄볕
> 과 같으시되 단엄침중하신 기상이 감히 우러러…
> 　　　　　　　　　　　　　　　「인현왕후전」

위의 인용문에서 보듯이 「양산백전」의 왕 씨는 학문
과 도덕이 남편만큼 높은 데다 마음마저 인자해서 주위
사람들의 존경을 한 몸에 받는 인물로 서술하고 있다.
　인현왕후를 두고도 봄볕과 같고 높은 절개는 '한천
송백'과 같다고 예찬하고 있다.
　서포 김만중의 「구운몽」에 나오는 태후는 자기 딸을
두고 '내 딸 아이는 남의 재주 사랑하기를 제 몸에 있는

것같이 하고 남의 덕행 공경하기를 목마른 사람이 물을 찾듯이 하니' 해서, 남을 귀히 여길 줄도 알고 있다고 예찬하고 있다.

이상으로 왕가, 재상가, 궁녀, 양가의 주부나 처녀, 기적에 오른 기생에 이르기까지 품성과 덕성을 예찬했다.

효성도 지극하고 남편이나 시부모를 잘 섬기며 손님 접대는 물론 이웃에게 화목하는 여성이 남성들의 바람이었을 것이다. 그런데 여성으로서는 미모와 덕성을 고루 갖추기는 쉽지 않았을 것이다.

그러기에 이를 의도적으로 강조했는지도 모른다.

선인들은 외면과 내면 중 어느 쪽을 소중하게 여겼을까? 그런 예문을 다음에 인용한다.

> 금련이 천하일색인 것만은 틀림없더라. 월대와 다르다고 하는 점은 그 육체적인 것이라기보다는 오히려 정신적이 면에 있다고 해야 좋을 일이더라. 아름다운 용모 조금도 떨어질 것이 없고⋯ 　　「조웅전」

> 신부 비록 외모 불미함이 있은들 무엇이 저리 놀라워하리. 여자의 도리는 현숙함이 근본이요 용모 아름

답지 못함은 상관할 바 아니어늘 네 어찌 색을 취하고
덕을 가벼이 하는 악한⋯   「박씨전」

　조선조는 유교를 국시로 삼고 여성의 덕성을 강조하
긴 했으나 시나 소설에서 덕성을 예찬 그런 예는 극히
드물다. 여성찬양은 관능적인 미를 드세운 것이 많다.
　이밖에 재질이나 재능을 찬양한 예도 있다.
　서거정은 『동인시화(東人詩話)』에서 우리나라는 여
성으로서 학문하는 일이 전혀 없었기 때문에 비록 아름
다운 재질을 가지고 있으나 오직 방직만 힘썼기 때문에
여성의 시가가 전하는 것이 드물다고 했다.
　홍만종도 『소화시평(小華詩評)』에서 여성은 무재유
덕이라고 해서 공부시키는 것을 금지시켰다.
　하물며 사대부 집안에서조차도 부도를 익히는데 필
요한 것만 가르쳤으며 언문을 깨쳐 의사 표시만 할 수
있도록 했을 뿐이라고 했다.
　이런 실정인데도 산문에 나타난 여성의 재질에 대한
표사는 현실과는 전혀 다르다.

　청상루에 홀로 앉아 오동복판 거문고를 무릎 위에

올려놓고 탁문군을 꾀어내듯 사마상여 봉황곡을 둥
홍동동 지동당 타는 소리에 춘풍의 심신이 황홀하여
미친 마음이 절로 난다.   「이춘풍전」

    남소저는 용모가 기이할 뿐더러 시서를 능히 외우
며 여공에 못할 것이 없고 또 면목이 청수하여 일점
티끌이 없으니…   「창선감의록」

    화용월태는 모란꽃이 아침 이슬을 머금은 듯했고
문장은 이·두를 따르며 침선은 소약란을 따를 만하더
라.   「채봉감별곡」

    이제 와서는 계양은 절세가인이고 요조숙녀가 되
어 서시서는 물론 천문지리와 손오병법에도 능통하
고 게다가 창쓰기를 잘해서 동네 사람들이 규중호걸
이라고 일컫는 판이더라.   「장국진전」

    얼굴이 고운 데다가 교양이 있고 특명하고 재기가
있어서 시와 서예 아니 통함이 없었으니 말하자면 시
인의 감정과 학문의 열이 있는 것이더라. 이것은 미인
에 대한 금상첨화라.   「조웅전」

족자를 걸고 보니 필법이 정묘하여 한 곳도 구차함
이 없고 온후유순한 덕성이 글씨에 나타나니 공과 두
부인이 칭찬함을 마지 아니하고 글을 보매 그 글에 하
였으되…   「사씨남정기」

토호필을 뽑아 용미연을 열고 웅풍전을 펴놓고 칠
언율시를 쓰고는 이별에 붙여 읊더라.   「영영전」

이는 여성도 시율이 능함을 보여주고 있는 것이 된다.
따라서 양가의 규수에게는 침선 이외에도 시서문필
이 필수 조건임도 알 수 있게 해준다.
그런데 조선조는 여성이 제자백가서나 시에 통달하
기는 거의 불가능한 일이었다. 절세가인이 침선이나 시
서, 더욱이 병법에 능하다고 한 것은 한갓 소설적인 표
현에 지나지 않는다.
그것은 소설적인 상상이기보다는 현실생활에 있어
여성의 꿈이었고 이상이었는데도 말이다.

「진달래꽃」의 전통성

소월시의 시사적 의미

신체시가 등장한 이래, 근대시다운 시가 제 모습을 드러내기 시작한 것은 안서가 마련한 자양에 힘입은 소월로부터 비롯했다고 할 수 있다. 흔히 소월의 시를 민요조란 말로 가볍게 일축하는데 앞으로는 전통적인 민요조의 변이가 그의 시에 육화되어 보편성과 참신성을 지녔다는 의미로 받아들여야 할 것이다. 민요조란 말은 대중성을 의미하며 시가 지니는 음악성과도 직결되어 독자와 쉽게 접근할 수 있는 장점을 지닌다.

따라서 소월의 시가 이룩한 업적은 시・공간을 초극한 운율의 정점에 우뚝 서 있다고 하겠다.

또한 소월의 시에는 시인의 뼈아픈 삶이나 별다른 개성도 없으며 시대의식이나 심오한 사상이 없다 해서 경시하는 경향도 없지 않아 있다. 그렇다고 하더라도 시대의식이나 심오한 사상 대신, 보편적인 민족의 정서를 육화하여 시・공간을 초극한 민족시인으로 시사에 찬연히 빛나고 있음은 부인할 수 없다. 이유는 그를 계승한 시인들이 끊임없이 뒤를 잇고 있고 그의 전통성은 후세 시인들에 의해 지속적으로 추구되고 있음이 이를 시사하고 있기 때문이다. 한 예로 그를 계승한 시인으로는 10년 뒤 영랑이 놓이고 다시 10년 뒤 목월[1]이 이어받고 있기 때문이다. 뿐만이 아니라 지금도 독자들에게 쉼 없이 확인되고 있지 않은가.

이러한 일군의 시인들은 의지나 이념보다는 원형적인 정서를 육화했는데 다름 아닌 운율에 힘입은 바 크다고 하겠으며 독자는 이들에게서 원형적인 구원의 합일과 외래사조에 물들지 않은 순수 본연의 전통정서가 육

---

1) 오탁번 : ≪현대시의 전개와 양상≫

화된 시 정신의 소산을 보게 된다.

소월은 「진달래꽃」을 발표한 불과 몇 년 사이, 활동으로 근대시를 개화시켜 알찬 결실을 이룩하게 된다.

「진달래꽃」, 「산유화」, 「초혼」, 「금잔디」로 이어지는 그의 시는 전통적 운율의 변이, 향토색으로 착색된 자연친화, 전통적인 민족의 한과 체념이 화음을 이룬 전통시의 기적을 낳았다는 시사적 의의를 지닌다.

1920년대 서구 모방주의가 빚은 기형적인 시단에서 누군가는 전통적 정서의 자리로 돌아와야 하는 시대적 요청에서 출발한 시인이 바로 소월이다.

소월의 시사적 의미는 그가 근대문학사상 최초의 전통시인이며 근대시가 어떻게 전개되든 한번쯤은 전통적인 정서를 여과하지 않으면 안 된다는 문학적 과제를 해결해 준 점이다.

소월시의 공통분모는 전통에 접맥된 민요조이다.

전통의 맥락을 이은 민요조가 지향하는 삶의 의미는 순수본연의 한과 체념이다.

이러한 한과 체념의 본질을 파악하는 한 시편으로 「진달래꽃」을 대상으로 했으며 「진달래꽃」이 갖는 7·5조 운율의 변용이 낳은 3음보는 민족의 리듬[2]으로 현대에도 생동하는 영원한 운율이 아닐 수 없겠다.

전통성의 뿌리, 「헌화가」

사람은 회자에서 정이 우러나고 정리에서 그 정은 승화된다. 문자 그대로 회자정리라고 할까? 그리고 별리의 변주인 기다림은 비원의 원초적 정서가 된다.

이 또한 거자필반이라고 할까. 이러한 차원 높은 비원은 보편적인 정서인 동시에 민족적이며 인류적이다. 아울러 시·공간을 초극하며 그 생명은 영구하다.

그런데 별리는 소월에게 있어 개인적인 별리이나 나아가서는 민족적인 별리로 결부된다.

이러한 별리는 1920년대의 시대상을 파악한다면 임의 상실은 곧 고향상실이며 나아가 조국상실의 비원으로 비약이 가능하다.

비록 소월의 감정은 개인적인 특수성을 지닌 정서이지만 보편적인 정서로 이어지며 보편적이고 집단적인

---

2) 김대행 : 김소월 시의 「접동새」

정서는 민족적이며 전통적인 정서로 직결된다. 그러기에 그의 시는 전통적인 운율과 민족적인 한이 낳은 것이며 소월다운 착상이 잉태한 결실이 아닐 수 없다.

소월의 시는 형식과 이미지로 보아 민요적인 것이 아니면 민요의 변이요 변주[3]이며 나아가 시조의 변이요 변성과도 같은 것이다. 그리고 그의 시작은 직접성·반복성·여음·낭만적인 비극의 정서[4]로 이어지는 민요의 특성을 골고루 지니고 있다고 하겠다. 그렇다고 하더라도 소월의 시는 대중적인 민요시, 곧 민족적이며 국민적인 시로 이해해야 한다.

「진달래꽃」은 민요조의 형식을 빌려 쓴 자유시이며 낭만시이다. 민요조는 전통성을 필연적으로 수반하게 되며 전통성의 연원을 「헌화가」에서 발견할 수 있다.

요컨대 「진달래꽃」은 신라가요의 연원에서 고려가요를 접맥한 차원 높은 정점을 점유했다고 하겠다.

> 자줏빛 바위 가에
> 잡은 암소 놓게시고

---

3) 박철희 : 「김 소월 시작품의 정체」
4) Herbert Read : Phases of English Poetry, p.26.

나를 아니 부끄러워하면
꽃을 꺾어 바치리다
「헌화가」5)를 이해하기 쉽게 윤문했음, 이하 같음

실명노인의 「헌화가」는 민요일시 분명하다.

왜냐하면 한 민족의 원초적 시가이며 시의 공동체적 고향은 바로 민요이겠기 때문이다.

「헌화가」의 철쭉꽃은 비록 수로부인이라는 실체가 있으나 임에 대한 실명옹의 대자적 정서이다.

그 꽃은 실명옹이 생명의 위험을 무릅쓰고 깎아지른 절벽을 올라야 했던 숙명적인 꽃, 노년의 망령이 아닌 영원한 젊음과 아름다움을 동경하는 인간의 보편적인 꽃6) 이상의 꽃이다.

그런데 그 꽃은 실명노인의 꽃만은 아니다.

곧 천년 전 신라인의 꽃이요 민족 공동의 꽃이며 우리의 정서를 대변하는 살아있는 꽃이다.

시가 개인의 자아에서 잉태하여 분만하더라도 그 시는 어디까지나 독자의 것이 된다.

---

5) 양주동 : ≪고가연구≫, p.195.
6) 김렬류 : ≪한국민속과 문학연구≫, p.274.

마찬가지로「헌화가」의 꽃은 신라인의 꽃인 동시에 시·공을 초극한 우리의 꽃이다.

그리고 개인적인 무의식은 그 자체일 수도 있겠으나 그것이 민족적이고도 집단적인 정서로 보편화할 때, 민족적인 것을 초극해 인류적인 무의식으로 승화되듯이「헌화가」는 어느 한 특정인에게만 매혹되는 것은 아니다. 그것은 바로 우리 개인의 정서에 융합하여 매혹되는 의식의 흐름이다.

저 불교적인 산화공덕을 들먹이지 않더라도 꽃은 축복인 동시에 관심을 간접적으로 표현하는 정서의 대상이 아닌가.

이런 의미에서도「진달래꽃」은 시적 연원이「헌화가」에 닿아 있다.「헌화가」는 신라인의 낭만 속에 살아 있는 꽃이며「진달래꽃」은 우리의 감동 속에 살아 숨 쉬는 꽃이다.「헌화가」는 실명옹이 노래하고 염원한 낭만이 아니라 철쭉꽃이 실명노인으로 하여금 낭만의 현신으로 탈태하게 했듯이「진달래꽃」은 소월이가 육화한 것이 아니라 진달래꽃이 소월로 하여금 차원 높은 별리의 정한으로 환골하게 했다고나 할까.

그런데 본질적으로「헌화가」나「진달래꽃」은 하나

의 표상이며 상징이다. 「헌화가」나 「진달래꽃」은 실명
옹이나 소월로 하여금 시상을 제공해 주었을 뿐이다. 더
욱이 우리가 시를 감상한다는 자체는 자아 속에 깃든 보
편성을 찾아내어 민족적이고도 집단적인 것으로 전이
시키는 데 있음에랴.

시는 언어를 매개로 하는 예술이다.

그런 면에서 본다면, 「헌화가」나 「진달래꽃」의 차이
점은 발견할 수 있다. 「헌화가」는 말이라면 「진달래꽃」
은 시어이다. 곧 언어와 시어의 차이이다. 이런 외연적
인 차이는 있으나 이들 시가에 내재되어 있는 주된 정서
인 보편성은 동일하다.

「헌화가」나 「진달래꽃」에서 매력적인 구조는 민요
조이다.

'곳홀 격가 받즈볃 리이다.'와 '사뿐히 즈려 밟고 가
시옵소서'로 이어지는 정서적 등가물은 극적인 맥락을
연출하고 있다. 실명옹이 생명의 위험을 무릅쓰고 절벽
을 기어올라 꽃을 꺾어 바치는 극한 상황적인 낭만이나
지순한 여인이 떠나는 임에게 꽃을 따다 뿌려 주는 축복
은 시공을 초극했으며, '죽어도 아니 눈물…'로 이어지
는 극한상황은 우연의 일치일 수만은 없겠다.

뿐만 아니라 이 두 시가의 사조는 낭만성이며 소재의 공통점은 꽃이다. 실명옹이 젊어서 이루지 못한 사랑을 늘그막에라도 이루어 보겠다는 눈물겨운 정한과 지순한 여인의 정한을 연출한 소월의 정서와는 일맥상통한다.

그리고 민족적 정서가 집약되어 극적으로 나타난 정서가 민요조라는 공통분모까지 지니고 있다.

이상으로 「헌화가」는 신라인이 노래한 낭만이며, 「진달래꽃」은 소월이 연기한 낭만이라는 거리감은 어느 정도 좁혀 질 수 있다.

고려가요와의 접맥

「진달래꽃」의 고려가요 접맥은 비단 「가시리」에만 국한된 것은 아니다.

「헌화가」와 마찬가지로 「진달래꽃」은 개인적인 정서가 아니라 보편적인 정서에 닿아 있으며 민요조의 운율을 지닌 민족의 정한을 노래하고 있기 때문이다.

그런데 민요의 체험 대상은 대중이며 민족이다. 민요는 대중과 민족의 정서를 담는 조촐한 그릇이다.

이런 조촐한 그릇을 우리는 「동동」에서 보게 된다.

삼월 나며 개화한
아 만춘 달래꽃이여
남이 부러워할 모습 지니셨다
아아 동동다리   「동동」

‘들 윗곳’의 상징은 소월의 무의식 속에 깃들어 있다
가 우리들에게 직관으로 전달되고 있다.

「동동(動動)」은 사랑의 일대 파노라마요 여인들의
비련이 실체인데 소월이 이어받아 「진달래꽃」에다 용
해시켜 놓았다.

소월은 민족의 심층에 내재된 전통적 정서를 이어받
아 자기체험으로 발전시켜 보다 새롭게 표현하기는 했
으나 현대시가 갖는 특수성을 수용하지 못한 흠이 있다
고 한다. 곧 과거를 이어받아 현재를 자각하는 자아의
새로운 인식이 부족했다고 할까.

그러나 소월이 이런 전통을 이어받아 이를 계승하고
수용할 수 있었던 천재성으로 말미암아 민족적인 공통
분모에서 한과 체념을 우러내어 감동을 자아낼 수 있었

음은 주목하지 않을 수 없다.

> 어디에 던지던 돌인가
> 누구를 맞추던 돌인가
> 미워할 이도 사랑할 이도 없이
> 맞아서 우니노라   「청산별곡」

실연의 비애, 곧 사랑의 상처와 아픔이 「진달래꽃」에
서는 극한상황적인 체념으로 이어진다.

「청산별곡」은 현실에 대한 남성의 한과 체념이라면
「진달래꽃」은 미래지향적인 여성의 체념이다. 은둔으
로 해결할 수 없는 현실적 삶의 고뇌를 '조롱곳 누로기
미와 잡ᄉ와니 내 엇디 ᄒ리잇고'처럼 술로 달랠 수밖
에 없는 인생고가 섬세한 음악성에 용해되어 남성적으
로 나타났듯이, '죽어도 아니 눈물…'은 한국 여성 특유
의 매몰찬 자제와 인고의 토운으로 이어지고 있다.

> 붙잡아 두어라마는
> 서운하면 아니 올까 두려워

　　서러운 임 보내오니
　　가시는 듯 도서 오소서　　　　　　　　「가시리」

　흔히 소월의 「진달래꽃」은 멀리 고려가요 「가시리」
에 그 전통적 맥이 닿아 있다[7]고 한다.
　이를 인정한다면 전통적 맥은 과연 무엇일까?
　4연으로 배열되었다는 점과 별리의 한을 제재로 슬
픔을 참고 견디며 고이 보내드리겠다는 지순.
　그런데 「가시리」는 고이 보내 드리듯이 쉬 돌아오라
는 조건부, 「진달래꽃」은 헌신적인 사랑의 승화로 시종
하고 있다.
　즉 3연의 '선ㅎ면 아니욜세라'에서 내적 욕구로의 삽
상한 전환은 실한 듯 허하고 허한 듯 실한 한국 여심의
실상이며 '나 보기가 역겨워…'는 외적 호소로서 체념
과 굴종이 낳은 전통 윤리의 미련으로 대응된다. 또 '가
시는 듯 도서 오쇼서'는 구속과 제약을 함축하며 임이
떠나는 현실을 직시하는 여성 특유의 에고가 결사를 이
룬 데 비하여 '죽어도 아니 눈물…'은 극한상황적인 여
성 특유의 매몰찬 자제와 인고가 승화되어 체념과 인고

---

7) 문덕수 : ≪한국의 현대시≫

를 연출한 결사 자체이기 때문에 전혀 다르다.

　따라서 「진달래꽃」은 「가시리」보다는 「서경별곡」
쪽으로 접근되어 있다.

　　　구슬이 바위에 떨어진다고 한들
　　　끈이야 끊어지겠습니까.
　　　천년을 외로이 지낸다고 한들
　　　신이야 끊어지겠습니까

　　　대동강 넓은 줄 몰라서
　　　배 내어 놓았는가, 사공아
　　　네 각시 음한 줄 몰라서
　　　가는 배에 얹었는가, 사공아
　　　대동강 건너편 꽃을
　　　배 타 들면 꺾으리이다　　　　　　　「서경별곡」

　「서경별곡」은 민요적 성격을 띤 탓인지 평민계층에
서 애송된 시가[8]이며 「청산별곡」과 함께 문학성이 뛰
어난 작품이다.

　흔히 별리의 애절한 단장곡(斷腸曲)은 극한상황으로

---

8) 박병채 : 《고려가요의 어석연구》, p.194.

연출되기 일쑤이기 마련 아닐까.

「서경별곡」에서도 임과는 어쩔 수 없이 헤어진다고 하더라도 임에게 향하는 뜨겁고도 매운 일편단심이야말로 한국 여성의 내면에 면면히 이어온 정서이다.

은유와 설의, 직서와 설의로 이어진 '信 잇든 그츠리잇가'는 믿음의 극대화, 사랑의 극진함은 물론 원망과 체념이 승화된 서정시의 극치를 이에 와서야 또 대면하는 기쁨을 누리게 된다. '즈믄 히를 외오곰 녀…'에서는 불변의 사랑도 떠나가는 임을 어찌할 수 없었던지 엉뚱하게도 뱃사공에게로 그 앙탈이 반전하는 표현의 묘는 이 시가의 백미이다.

급기야 하 많은 원망도 사랑의 방편인지 '네 가시 럼 난다…'로 서릿발 같은 원망의 초극을 극대화하고야 만다. 「가시리」의 '선ᄒᆞ면 아니올세라/ 가시ᄂᆞᆫ 듯 도서 오쇼셔'는 사뭇 소극적인 애소, 감칠맛 나는 애교로 받아넘길 수 있으나 「진달래꽃」의 '죽어도 아니 눈물…'은 가시같은 여인의 푸념이 앙징스럽다 못해 애교가 뚝뚝 떨어 현실적인 여인의 앙탈로 되살아난다.

'大同江 건너편 고즐여'는 「헌화가」와도 접맥되는 우연의 일치를 보게 되며 뿌리치고 떠나는 임이야 가는

곳마다 새로운 임을 얼마든지 사랑할 수 있다는 체념이
우러낸 여인의 넋두리이다.

이러한 넋두리는 현실을 쉽게 체념하고 극복할 줄 아
는 한국적 여성의 한 단면이 아니겠는가.

그러기에 「진달래꽃」에서 ‘죽어도 아니 눈물…’로
이어받은 원망과 체념은 지순한 사랑의 극치로 연출할
수밖에 없었다. 한과 체념은 침잠된 내재 속에 응어리진
긍정된 자기비애이다. 별리에서 연출되는 사랑의 확인,
굳이 떠나는 임을 그 이상 원망할 수 없는 지순, 임에 대
한 미래 의지적인 애원은 ‘죽어도 아니 눈물…’로 이어
져 이열치열의 묘(妙로 비애미의 극치를 낳을 수 있었
던 것이 아니겠는가.

「진달래꽃」은 정지상(鄭知常)의 「송인(送人)」과도
일맥 상통함을 또 발견한다.

비 멎자 긴 둑에 풀빛이 파릇파릇
남포로 임이 떠나는데 슬픈 노래 울려 퍼지네.
대동강 물이야 언제 마르리.
해마다 해마다 이별의 눈물 보태는 데야.

雨歇長堤草色多
送君南浦動悲歌
大同江水何時盡
別淚年年添綠波　　　　　　　　　　「송인」

「송인」의 '別淚年年添綠波'에 스민 별리의 순애는 '죽어도 아니 눈물…'로 직결됨을 쉽게 발견할 수 있다.

지상(知常)은 두보(杜甫)의 '別淚遙添錦水波"를 슬쩍 점화(點化)한 기법[9] 바로 그것이며 소월의 '죽어도 아니 눈물…'은 「송인」의 결사를 그대로 환부작신한 바로 그것은 아닐까.

그런데 「가시리」는 별리와 별리의 정한을 읊은 보편성으로는 「진달래꽃」과 일치하지만 불타는 사랑, 핏빛 진한 사랑을 상징하는 꽃은 없다.

또한 「가시리」의 '가시는 듯 도서 오쇼셔'는 구속력과 제약이 따르는 조건이 있으나 「진달래꽃」은 '죽어도 아니 눈물…'로 그 맥락을 이어받은 전통성은 보다 자명해진다.

어쨌거나 「진달래꽃」은 「헌화가」나 「서경별곡」도 아

---

9) 이병주 : ≪두시의 비교문학적 연구≫, p.86.

닌 소월이가 춤추고 노래한 소월의 시일뿐이다. 그러면서도 전통에 접맥되어 「헌화가」나 「서경별곡」을 이어받아 보편적인 민족의 정한을 노래하고 있음에랴.

이런 시 작업을 한 소월의 등장은 시대적 요청이었다. 그는 우리의 근대시가 서구의 근대적인 자유시를 수입하여 맹목적으로 모방하고 추종하던 시대, 외래조류의 화려한 '시의 도금시대'를 이룬 시기[10]에 등장했다.

이 시기는 한국적인 시가 개척되어 우리의 근대시를 이끌어 가야 하는 사명감이 절실한 즈음인데 이러한 요청에 부응해 훌륭한 전통시의 정점을 확립했다.

미당(未堂)은 소월의 '전통에의 환원'을 '고향이 부르는 소리에 쏜살같이 달려온 것'이라고 웅변하고 있다.

이처럼 고향이 부르는 소리에 호응한 민족의 정서는 「헌화가」로부터 연원해서 「서경별곡」으로 이어지고 「진달래꽃」에 와서야 정수를 누리게 된다.

내적 판단으로 보아 시는 영원히 존재해야 하며 이 불변의 시론도 시의 본질에 있음도 주목해야 한다.

이런 점에서도 민요적 운율은 시·공감을 초극한 공

---

10) 박목월 : <신시의 첫 귀향자인 소월>

감대를 자아내며 내면적 충동을 가장 잘 표현할 수 있는
동적 구조라고 할 수 있다.
　따라서 「진달래꽃」은 우리 시사의 전승적 성격으로
만 국한시켜 풀이하기보다는 전통에의 접맥과 살아 있
는 전통시로 이해되어야 한다.

「진달래꽃」의 전통성

　1922년에 발표된 「진달래꽃」은 소월의 출세작이자
대표작이다. 월탄(月灘)은 '무색한 시단에 비로소 소월
의 시가 있다'고 상찬했다.
　박두진(朴斗鎭)도 '이 이상 더 깊고 맵고 서럽게 표현
될 수 없을 만큼 완벽하다'고 극찬했다.
　뿐만이 아니고 「진달래꽃」은 소월로 하여금 대중시
인, 국민시인의 칭호를 받게 한 결정적인 시이다.
　이처럼 추앙받는 이유는 어디에 있을까?
　하나는 그의 시가 이해하기 쉬운 내용과 형식을 가지
고 있다는 점일 것이다. 흔히 이야기하듯이 그의 민요조
는 쉽고 간결한 가락, 소박하고 구수한 구어체의 정수를

원용한 7·5조의 운율이며 이러한 운율은 민족적이며 국민적인 리듬을 환기시켜 준다고 한다.

둘은 그의 시는 소재나 내용이 보편적이고 집단적인 정서를 지녔다는 점일 것이다. 소월은 감상적 관념주의가 아닌, 민족적 정서, 곧 이별·동경·체념·비애·한 등 누구나 쉽게 친근할 수 있는 정서를 기조로 했다.

이러한 시의 생명은 전통성, 보편성의 정신에 닿아 처절한 호소력과 강렬한 감동을 수반하기 마련이다.

나 보기가 역겨워
가실 때에는
말없이 고이 보내 드리우리다.

寧邊의 藥山
진달래꽃
아름 따라 가실 길에 뿌리우리다.

가시는 걸음 걸음
놓인 그 꽃을
사뿐히 즈려 밟고 가시옵소서.

나 보기가 역겨워
가실 때에는
죽어도 아니 눈물 흘리우리다.　　　　　「진달래꽃」

　　이런「진달래꽃」을 두고 종래의 설부터 음미해 본다.
　　흔히 현대시에 있어 4연으로 배열되어 있으면 그 형
식미에만 치중하여 기(起)・승(承)・전(轉)・결(結)로
구성되었다고 풀이하고 있다.
　　「진달래꽃」도 예외는 아니어서 한시처럼 기・승・
전・결로 구성되었으며 압운과 함께 정형을 이루는 형
식미를 중히 여겼다.

강이 파라니 새 더욱 희고
뫼가 푸르니 꽃빛이 불붙는 듯하도다
올 봄이 보니까 또 지나가나니
어느 날이 돌아갈 해인지

江碧鳥逾白
山靑花欲燃
今春看又過
何日是歸年　　　　「두시언해 : 권10・17 참조」

이 절구 「絶句」는 기·승·전·결의 정칙으로 되었다.
이를 도표로 그려 풀이하면 다음과 같다


```
                  대조
         기 : 碧 ← → 白
  댓구 ↑↓         대조                    서경
         승 : 靑 ← → 燃 (紅)               ↓
              「시상의 급전」
         전 : 세월무상
  댓구 ↑↓                                  ↑
         결 : 향사 (鄕思)                   서정
```


　도표에서 보듯이 춘경에서 시상을 촉발시켜 향사(鄕思)로 이끌어 간, 이른바 선경후정(先景後情)의 수법 그대로라고 하겠다.

　기·승구에서는 선명한 색채로 아로새겨 작가 자신의 심사를 '곳 비치 블븓는 듯도다'로 한 폭의 시중유화(詩中有畫)[11]를 구상화한 선경이 생동한다.

　전·결구에서는 이제까지의 시상을 완전히 반전시

---

11) 이병주 : ≪시성두보≫, p.161.

켜, 세속어 그대로 180° 전환시켜 만단정회를 향사로 감싼 후정이 눈물겹다. 이유는 한시의 정법이 다름 아닌 '전(轉)'의 묘에 있음에라.

현대시에 있어 이 한시의 '전'처럼 시상의 급전을 촉발한 유(類)가 있을 수 있을까? 물론 없다. 설혹 있다손 치더라도 극히 드물 것이다. 왜냐하면 한시는 정형시이며 현대시는 자유시이겠기 때문이다.

「진달래꽃」에서 '전'에 해당하는 연은 3연인 '가시는 걸음 걸음/ 놓은 그 꽃을/ 사뿐히 주려 밟고 가시옵소서'이다. 이 3연 어디에 '승'인 2연의 '영변에 약산/ 진달래꽃/ 아름 따라 가실 길에 뿌리우리다'와는 다른 급전의 시상을 찾아볼 수 있단 말인가. 2연은 산화공덕(散華功德)에 직결되는 행위, 곧 임에 대한 절대귀의의 사랑이며 3연은 2연을 그대로 이어받아 심화시킨 임 앞에 스스로 던지는 정감의 결정이다.

그것도 시적인 의미라기보다는 별리의 구체적 행위로 음미해 봄 직하다. 자기를 버리고 떠나는 임에게 꽃을 뿌려 축복해 준다는 단순한 자기희생이나 별리의 정으로 승화된 지순이기보다는 일종의 자기전략적인 여인의 자신감으로 풀이할 수도 있다.

그러므로 「진달래꽃」의 구성을 기·승·전·결로 풀이할 수는 없다. 물론 「진달래꽃」만이 아닌 현대시에 있어 기·승·전·결로 연을 나누는 우를 이제는 벗어나야 할 때가 왔다고 본다.

또한 「진달래꽃」은 수미상관(首尾相關), 수미쌍관(首尾雙關)으로 구성되었다고 한다. 그것은 사실일 것 같다. 왜냐하면 1연의 '나보기가 역겨워/ 가실 때에는'과 4연의 '나 보기가 역겨워/ 가실 때에는'이 행이나 잣구 하나 변동 없이 상통함에야.

그런데 이렇게 파악하는 데는 문제점이 많다.

그 예(例)로 청마(靑馬) 유치환(柳致環)의 「울릉도」란 시를 인용해 보자.

동쪽 먼 심해선 밖의
한 점 섬 울릉도로 갈거나.

금수로 굽이쳐 내리던
장백의 멧부리 방울 뛰어
애달픈 국토의 막내
너의 호젓한 모습이 되었으리니,

멀리 조국의 사직의
어지러운 소식이 들려 올 적마다
어린 마음 미칠 수 없음이
아아, 이렇게도 간절함이여!

동쪽 먼 심해선 밖의
한 점 섬 울릉도로 갈거나.　　　　시집『울릉도』

「울릉도」는 6연으로 되었으나 3·4연은 생략했다.
이 시는 수미쌍관의 순환법으로 형식미가 가즈런하
다는 데 거부반응을 느끼지 않는다. 아니, 지당한 것으
로 받아들여진다. 왜냐하면 첫연과 끝연은 행의 배열이
나 시어가 잣구 하나 변동이 없기 때문이다.
첫연은 '심해선 밖'이 강조되어 아득히 멀리 떨어진
한 점 섬이라는 점을 심화한데 비해 끝연은 '갈거나'에
시상이 함축되어 국토애의 절정이 안스럽기만 하다.
이처럼 첫연과 끝연이 행의 배열이나 잣구 하나 변동
없는 시에 있어서도 이미지로 보아 차원은 다르다.

하물며 「진달래꽃」에서는 1연의 '말없이 고이 보내 드리우리다'와 4연의 '죽어도 아니 눈물 흘리우리다'는 극과 극의 상충이다. 물론 극과 극은 통한다고 하지만 이 경우는 다르다.

1연의 '말없이 고이 보내 드리우리다'는 하 많은 하소연이야 한이 없으나 그것을 참고 견뎌내겠다는 유교적 전통사회에서만 볼 수 있는 굴종과 체념의 절대 윤리가 밑바닥에 저류하면서도 결코 가셔질 수 없는 사랑의 미련이 뚜렷하다.

그런데 4연의 '죽어도 아니 눈물 흘리우리다'는 한국 여성 특유의 매몰찬 자제와 인고를 대변하며 '아니'를 도치함으로써 그 효과는 배가 된다. 이러한 극한상황적인 별리로의 승화야말로 운율 창조의 천재라는 소리를 듣게 되었으며 표현의 극치가 아니겠는가. 4연 어디에서 1연과 동일한 이미지를 느껴 볼 수 있단 말인가. 만약 있다고 한다면 그것은 형식미를 지나치게 강조한 나머지 시의 생명인 이미지를 경시한 우에서 나온 수미쌍관일시 분명하다. 이제라도 「진달래꽃」에서 수미쌍관의 형식미를 들먹이는 우를 되풀이할 수 없다.

어쨌거나 구구한 사설은 사족에 지자지 않는다.

1연부터 당돌하게도 '나보기가 역겨워'로 착상되어 박진감이 넘쳐흐른다. '말없이'는 하 많은 사연과 원망이 함축되어 있지만 그러한 하소연과 원망일랑은 오직 참고 견디겠다는 헌신적 사랑으로 승화시켜 가는 초극의 의지가 담겨 있다.

이러한 의지는 '나'를 버려두고 떠나는 임도 임이라는 지순한 정신적 기조 위에서만 가능하다.

2연은 영변에 있는 약산 등대의 진달래꽃을 아름 따라 뿌려 주는 축복. 이 심정이야말로 사랑이 무한에 미쳐 축복으로만 임과 이별할 수 있다는 지순의 절정이다.

육체와 육체가 뜨겁게 결합하는 사랑, 눈앞에 닥쳐온 열정적인 사랑이 아닌, 체념하고 심화되어 확대된 사랑, 곧 하늘같이 가없고 바다처럼 드넓은 사랑이다.

산화공덕(散華功德)으로 승화시킨 불타의 자비와도 같은 지순한 사랑은 임이 가시는 걸음걸음을 한층 영화롭게 해 주며 아울러 원망을 초극한 사랑의 순정이 오히려 눈물겹게 한다. '영변에 약산'에 내포된 향토적 정서는 민요조의 극치를 배가했다고 할까. 소월에게 있어 향토적 서정은 자연귀의로 이해될 수도 있다.

소월뿐만 아니라 동·서 고금을 막론하고 자연을 노

래했는데 그 노래한 방법의 차이는 다르나 궁극적으로 추구한 자연귀의는 영원성 그것이다.

그런데 소월의 자연귀의는 동경 그 자체로 끝나 버리는 아쉬움이 있는데다 경험의 세계이며 추한 인간의 세계이다. 「산유화」에서조차도 '저만치 혼자서 피어 있네'라고 자연을 동경하고 자연에 몰입하려는 일체감은 실패하고 만다.

이를 두고 김동리(金東里)는 조선의 서정시가 도달할 수 있는 한 개 최상급의 해조(諧調)이며 기적적인 완벽성의 시라고 극찬했는데 이는 '저만치'의 거리감을 두고 한 말일 것이나 그것은 소월과 자연과의 거리감에 지나지 않으며 소월의 인간적 고뇌를 이해하지 못한 상찬일 수밖에 없다. 왜냐하면 그것은 고독한 자아가 '저만치'와 '혼자서'에 투영된 세계임을 간파한다면 쉽게 이해될 수 있겠기 때문이다.

소월과는 또 다른 자연과의 일체감을 이미 우리는 고산(孤山) 윤선도에게서 읽어 왔다.

수국에 가을이 드니 고기마다 살쪄 있다
만경징파에 싫도록 용여하자

인간을 돌아보니 멀수록 더욱 좋다. 「어부사시사」

짐짓 고산은 '머도록 더옥 됴타'고 절창하여 경험이 축적된 인간세계를 떠난 미지의 세계인 자연에 귀의했으나 소월은 순수 자연의 세계가 추한 경험의 세계로 인하여 불협화음을 유발해 생의 비애와 직결시켰다.

해서 3연의 '놓인 그 꽃'은 불타는 사랑이 가능해진다. 별리를 당하는 여인의 활화산 같은 절박한 격정이 추하고 더러운 내면을 절제하고 억제해 아름다운 세계로 승화된다.

진달래꽃의 색채감은 소쩍새가 피를 토하듯이 울어예는 여인의 농도이며 이런 비애의 농도야말로 지순한 사랑만이 가능하다. 지순한 사랑은 소유하는 것보다도 일정한 거리감을 두고 동경하는 그 단절에 있음에라.

따라서 한이 한으로 끝나지 않고 차원 높은 사랑으로 승화되는 한과 사랑의 이중구조는 「진달래꽃」이 지니는 특수구조가 된다.

'사뿐히 즈려 밟고'에 함축된 의미는 무엇일까?

송강(松江)이 노래한 저 「관동별곡(關東別曲)」의 '사양 현산의 텩듁을 므니볼와 우개지륜이 경포로 나려

가니'의 '므니블와'와 맥락을 같이함을 또 발견한다.

따라서 '즈려' 속에 담겨 있는 여인의 심사는 애매모호하며 이것이 「진달래꽃」을 극대화하고 있다.

4연은 시상의 절정이자 곧 마무리가 된다.

굳이 떠나는 임이기에 아픈 별리의 한을 심어 주지 않겠다는 지순한 여인의 앙금이 가슴을 뭉클케 한다. 이유는 의지적인 부정은 참아 내기 어려운 한을 생략과 도치로 응축시켜 음감의 극대화를 연출했기 때문이다.

'죽어도 아니 눈물…'을 두고, 김춘수(金春洙)는 속으로는 울고 있으면서도 겉으로는 눈물을 보이지 않는 여인들의 고전적 모습이며 정서의 한국적 원형일 수도 있다고 이해했다. 그의 이해에 동조하지 않더라도 심화된 체념, 확대 일로의 사랑은 한국적이며 나아가 동양적인 정서의 세계가 아니던가.

이러한 전통적 정서를 노래한 시가 「진달래꽃」이다.

「진달래꽃」은 사랑하는 임을 떠나보내는 여인의 지순한 정과 한이 희생적인 고결한 사랑으로 승화되어 세련된 정서와 여성적인 음감과 함께 은은한 달빛처럼 가슴에 깊이 와 닿는다. 그것은 민족적인 정서와 민족 유산으로서 영원한 고향이란 안식처에 상주시켜 주며 폐부를 찌르는 예술적인 감동까지 안겨준다.

또한 「진달래꽃」의 별리는 여인이 남정네를 떠나보내는 여성적인 음감으로 시종하고 있다. 그것은 '~우리다', '~옵소서'의 어감으로 쉽게 짐작할 수 있다.

「서경별곡」은 현실적으로 당면한 사랑의 별리라고 한다면 「진달래꽃」은 앞으로 있을지도 모를 별리를 가정한 미래 지향적이다. 임을 이별하는 현장이 아니라 별리를 가상한 여인의 당돌하고도 자신에 넘친 여성 상위적인 태도가 연기해낸 노래이다. 이유는 1인칭에 호응되는 '~리다'는 의지적 미래지향적이기 때문이다.

임을 죽도록 사랑하는 데야 그 임은 차마 나를 버리고 떠나갈 무정한 남정네는 아닐 테지. 어디 가서 찾아보아야 나만큼 헌신적이고도 희생적인 사랑의 대상은 찾을 수도 없겠지. 암, 그럴 테지. 지순한 사랑을 차 버리고 떠날 남정네라면 사랑할 가치도 없는 남정네일 테지. 그러니까 고결한 사랑을 알고 있는 멋을 아는 남정네라면 단연코 나를 떠나갈 수는 없어.

이와 같은 당당함과 자신감에 찬 소산에서 우러나와 사랑의 사슬에 옭아매는 여성상위의 시대의식이 「진달래꽃」을 잉태한 것은 아닐까.

해서 「진달래꽃」은 소월이가 노래하긴 했으나 어디까지나 여성의 입장에 서서 별리를 전제로 한 사랑에 대한 자신감과 남성을 사랑의 사슬로 옭아매는 여성상위의 미래 지향적인 당돌함을 읊었다고 하겠다.

이런 감상도 이제 접고 차원 높은 별리의 승화를 끝으로 마무리한다.

차원이 높은 별리의 승화는 나름대로 예를 든다면 출정을 앞둔 임과의 이별 같은 경지, 출정을 떠나가는 임 앞에 눈물을 보여 그 임의 창창한 앞길에 먹구름을 드리울 수는 없어, 짐짓 '나 보기가 역겨워'는 아낙네의 허튼 넋두리요 푸념, 정작 '죽어도 아니 눈물…'로 결사한 그 인고와 극기가 애처롭다 못해 눈물겹다.

이런 감상으로만 「진달래꽃」의 이해가 가능하지 않을까. 현실적으로 어느 여성인들 자기를 싫다고 뿌리치고 떠나는 남성에게 지순한 사랑으로 축복해 줄 것인지 의문이다.

이렇게 풀이하면 소월의 선견지명에 놀라움을 금할 수 없다. 실제로 일제 말기는 민족 이산이 극에 이르렀으니까. 「진달래꽃」에서 민족의 슬픈 역사를 되돌아보는 듯해서 오히려 숙연해진다.

「메밀꽃 필 무렵」은 명품인가

근래 들어 지방자치제 탓인지 모르겠으나 작고 문인들의 연고지나 작품의 배경이 되는 지역 자치단체에서는 경쟁적으로 그들을 관광자원화하고 있다.

「토지」의 배경인 경남 하동군 낙양은 두 번에 걸쳐 드라마하면서 세트 현장의 보존, 특히 최참판택을 재현해 관광자원화했듯이, 황순원 작 「소나기」에 나오는 실개천이 서종면의 실개천과 유사하다고 해서 양평군에서는 소나기 마을을 재현해 관광화하려는 것은 좋은 예가 된다.

이와 같은 예는 우리나라에만 국한된 것은 아니다.

오래 전부터 서구에서는 예술인의 출생지나 무덤에다 기념비를 세우거나 작품의 배경이 관광지가 되고 있다.

차이라면 서구는 자연발생적인 데 비해 우리는 자치단체의 마구잡이라는 차이는 있다.

저 독일의 세계적 문호인 괴테가 태어난 프랑크푸르트의 생가며 「젊은 베르테르의 슬픔」의 배경인 라인지방 베츠라르의 이름조차 없던 갈벤하임(작품 속에는 바알하임, 뒤에 괴테의 광장으로 명명) 마을을 찾는 사람이 줄을 잇고 있다고 한다. 또한 제정 러시아의 문호 톨스토이가 말년에 가출했다가 이름 모를 아스따뽀보 역 대합실에서 동사(凍死)한 것이 알려져 유명한 관광지가 된 예 등 이루 헤아릴 수 없을 정도이다.

그런 면에서 본다면 효석은 행복한 문인이라고 할 수 있다. 봉평을 배경으로 쓴 단 한 편의 단편소설 때문에 봉평 뿐 아니라 전국적으로 기림을 받는 소설가가 되었기 때문이다. 메밀꽃 축제, 문학상, 심포지엄, 가산선양사업 등이 시행되고 있으니 말이다.

그러나 마냥 반길 일만은 아닌 것 같다.

지나치게 관광자원화 하려다가 원형을 잃거나 본질에서 벗어나 상업화하는 것은 아닌지 자못 걱정스럽다.

효석의 생가만 해도 그렇다.

원래의 생가는 현재의 위치보다 안쪽으로 들어가 있을 때는 양철 지붕이었는데 지금은 초호화판으로 지어 놓았기 때문이다.

필자는 소설을 공부하면서 효석의 소설에 심취해 「메밀꽃 필 무렵」을 외웠을 정도로 효석광이라고 자부하는데도 근거도 없는 지역으로 이전하거나 원형을 무시한 마구잡이 재현은 납득이 가지 않는다.

이만큼 해 두고, 효석은 1907년 강원도 평창에서 태어났다. 1928년 처녀작인 「도시와 유령」을 발표하면서 1942년 작고하기까지 10여 년 동안 창작활동을 했다.

그의 일생은 짧았으나 남긴 문학은 1930년대 순수문학을 빛낸 정교한 기념탑이라고 기림을 받기도 했다.

효석의 문학을 두고 몇 가지로 요약할 수 있다.

초기 소설은 동반작가의 인식을 지울 수 없다. 그 근거로는 KAPF파들과 조직적인 생활은 하지 않았으나 작품 경향이 동일하다는 점에서다. 이유야 어쨌든 그는 경향문학에 대한 동경과 문학적 추구는 작고 직전까지도 벗어나지 못한 듯하다.

효석 소설의 특이성으로 엑죠티시즘을 들 수 있다.

「돈」(1933), 「들」(1936) 등의 소설을 통하여 인간 본능을 표현하고 있다. 그는 자연 속의 동물을 정서적으로 극대화했다고 할까.

자연의 소재에다 본능적인 인간성을 조화시켜 반사회적, 반문명적, 반모랄적인 동경을 초월한다.

이러한 동경은 자연적·토속적·원시적인 순수 본연이 원초적 세계에 동화되어 소재의 융합적인 기법까지 보여준다.

효석은 서구에 대한 동경의 소유자라고 할 수 있다.

일상생활에서 양식을 좋아해서 버터나 통조림이 떨어지지 않았다고 한다. 그는 서양 음악에도 조예가 깊었을 뿐 아니라 서양 꽃도 좋아했다. 정원에는 프록스, 가카리아 등 서구에서 들어온 꽃을 심어 관상했으며 임종 때는 글라디올러스를 지켜보기도 했을 정도다.

이런 서구에의 동경과 정조는 「황제」, 「역사」 등의 소설을 낳았다. 특히 「황제」는 어린시절 향수에의 동경이며 시대 상황이 낳은 자유일 수도 있다.

콜시카 섬에 유폐된 황제는 곧 극악으로 치닫는 일제 하의 민족으로 봄직도 하다.

그는 「돈(豚)」을 전후하면서 작품경향의 변모를 보

이기도 했다.「메밀꽃 필 무렵」,「산」,「들」등 일련의 소설에 깃들어 있듯이 자연의 정서를 시적이며 수필의 경지로 끌어올리는 기법을 보여 주기도 했다. 그리고 세련된 언어와 시적 분위기의 조성으로 아름답고 신비한 경지로까지 소설은 승화된다.

게다가 묘사마저 객관적이기보다는 주관적인 표현으로 한 폭의 동양화를 그려내고 있다.

이런 작업은 사실적인 묘사보다는 분위기 조성에 주력한 듯하며, 그것도 상징적이며 암시적으로 묘사했기 때문에 작품 전체가 신비하게도 시적, 수필적인 경향을 띠었다. 해서 시와 소설의 장점을 교묘하게 접목시켜 예술적인 감동을 자아내게 되는데 이를 낙오와 숙명을 미화시키는 기교로 볼 수 있다.

효석은 36세의 짧은 생애 동안, 단편 73편, 장편 5편, 수필 75편, 기타 잡문을 합치면 176편이라는 방대한 저술은 작가생활 14, 5년간에 이룬 업적[1]이다.

그는 우리 문학사에 미의식과 새로운 기법으로 소설을 터치한 데다 메카니즘까지 수행해서 자연주의적인

---

1) 문학사상 17호 참조.

기교와 순수문학적인 서정으로 소설의 한 금자탑을 쌓았는데 이런 향방에서 그의 소설을 조명해야 할 것이다.

그러면 저간의 연구와 반성을 전제로 해서 나름대로 효석 소설에 대한 재조명을 시도하기로 한다.

동반작가적인 경향

1920년대 소설은 사실주의와 병행하여 이데올로기 등 새로운 양상이 나타났다. 곧 사회주의 이념에 인접한 경향파 문학 및 프롤레타리아 문학의 등장이 그것이다.

경향파 문학의 등장은 10여 년 동안 목적의식에 심취된 일군의 작가를 형성한다.

흔히 의식적인 계급투쟁이 소설의 형식을 빌려 구체화되고 프롤레타리아의 해방과 구제자로서 반항의 이념을 추구하는 인간상을 낳았다. 경향파들은 경제적 억압에서 희생된 무산계층을 의도적으로 서술했으며 유산계층에 대한 적의를 노골적으로 표현하기도 했다.

이처럼 목적의식이 표면화된 경향파 문학은 이데올로기의 대중화, 이를 선전하거나 선동에 편승한 나머지,

문학의 독자성과는 멀어졌으며 사상주의를 초래함으로써 소설을 도구화했다고 할 수 있다. 비록 일제 강점기의 특수 여건을 감안해 수탈의 주체가 부르조아 계층이라기보다는 일제에 대한 반항의 한 굴절[2]이라고 보다 포괄적으로 이해하더라도 경향파 문학은 이 땅에 신문학이 시도된 이래 암울한 시대를 낳았으며 많은 작가들이 이데올로기, 또는 마르크시즘의 세계에 적극적으로 가담하거나 동조하는 기현상을 남겼다.

이런 동조자들 중에서도 효석은 특히 주목을 끈다. 왜냐하면 효석은 순수 서정의 세계를 추구하면서도 경향파에 대한 끊임없는 족적을 볼 수 있기 때문이다.

초기 문학 활동은 동반작가로서 출발했다. 비록 사회주의적 문학에 적극적으로 가담하지는 않았으나 어느 정도 동조했다고 보는 것이 일반적인 견해이다.

사회주의 문학은 일종의 목적주의 문학의 변형으로 인간과 사회에 대한 정당한 추구나 당당한 비판을 흐리게 하는 결함이 있다.

효석을 두고 동반작가적 경향에서 벗어나 순수 문학

---

2) 한국현대소설작품론, 문장사, 1981, p.23.

의 경지를 개척해 나갔다3)고 했을 뿐 경향성을 본격적으로 규명한 비평은 거의 없다. 그는 현민과 같은 연배로서 함께 경향파의 문학을 추구했으나 KAPF 회원으로 활동한 것은 아니었으며 비록 KAPF 파들과 조직적인 생활은 하지 않았으나 작품 경향이 동일했기 때문에 외국의 예에 따라 동반작가라는 별명이 붙었다4)는 비호적인 입장이다. 효석에 관한 논저5)가 있으나 필자가 과문한 탓인지 그의 경향성에 대한 동경이 소설 속에 자주 대면하게 되는데도 구체적인 조명은 볼 수 없다.

저간의 연구를 반성할 겸 경향성 부터 분석한다.

그는 부르조아에 대한 무산계급의 반항을 의도적으로 묘사했으며 자본주의에 대한 비인간화한 체제를 고발하고 있다. 처녀작인 「도시와 유령」(1928)은 자본주의의 번창에 따른 무산계급을 대변한다. 무산계급을 극단적인 유령으로 가정하여 웅변적으로 항변한다. '비논리적인 유령은 결코 있어서는 안 된다'고 항변했는데

---

3) 조연현문학전집 6권, 이효석편 참조.

4) 한국대표단편문학전집 9권, 이효석편 참조, 정한출판사, 1975.

5) 문학사상 17호에 이효석 작품세계에 대한 참고문헌이 자세히 소개
   되어 있음.

이는 소설의 형식을 빌려 경향성을 드러낸 것이 된다. 이처럼 헐벗고 굶주린 인생의 단면을 표현한 것이 초기에 보이는 경향성의 일면이라고 할 수 있다.

이어 발표된 「기우」(1929)는 사회적 비리를 해부하고 있다. 일제 강점기 치하라는 특수 여건과 지리적 배경이 만주라고는 하지만 주인공 계순의 자살을 통한 항변은 경향적이라고 할 수 있다. '어금니로 바작바작 씹고 씹고 또 씹어도 시원치 않을 놈의 XX다'고 노골적인 표현까지 서슴지 않았다. 그것은 새빨간 심장과 무서운 저주와 굳은 신념의 표상 그것이다.

동반작가의 대표작이라고 일컫는 「노령근해(露領近海)」에서는 '한 때의 양을 줄이면 우리의 열 때의 양은 찰 걸세'처럼 사회의 이면을 고발하고 있다.

여기에 작고한 해의 작품인 「주리면」(1942)에서도 '저렇게 먹을 것을 풍성히 두고도 사람을 굶어 죽이는 놈의 세상' 하고 부르조아에 대해 항변하고 있다.

이처럼 그의 소설은 이데올로기에 연관된 새로운 형태의 리얼리즘을 표면화하여 사회주의적 이념, 또는 마르크스주의 미학에 근접하고 있다.

둘은 경향성에 대한 동경을 엿볼 수 있다. 경향성 소

설 중에서 가장 많이 대면할 수 있는 유형이다.

이는 동반작가로서 경향파에 적극적으로 가담하지 않았다는 비호에 반증을 제시할 수 있는 자료가 된다.

「노령근해」(1930)는 '부자도 없고 가난한 사람도 없고 다 같이 살기 좋은 나라'를 찾아가는 동경의 한 단면을 엿볼 수 있다. 삼 년이나 한 닢 두 닢 모아 둔 돈으로 막연한 나라를 찾아가는 오십대 노인이며, 러시아 회화책으로 한 마디씩 말을 외는 데에서도 막연한 동경의 나라, 이데올로기에 심취된 일면을 여실히 볼 수 있다.

「약령기(弱齡記)」(1930)에서도 불온서적을 탐독하던 학수는 정학이라는 미명으로 학교에서 퇴학을 당하고 막연히 이데올로기의 동경에 젖는다.

「상륙(上陸)」(1936)은 프롤레타리아 조국에서 새 삶의 터전을 마련하는 적극성까지 보여준다.

이런 면에서 정신적인 동경의 대상에서 행동적인 적극성의 일단도 엿볼 수 있다.

셋은 경향성과 서정을 동시에 추구했다는 점이다.

「분녀(粉女)」(1936)는 원초적 세계에 대한 추구[6]와

---

6) 류기용 : 효석작품집, 형설출판사, 1977, p.97.

아울러 경향성의 열정이 단편적으로 심화되어 있다.

순수 서정의 세계인 「들」(1936)에서도 경향성의 일면을 엿볼 수 있다. 「영라(蠑螺)」(1938)는 '단금의 그물'인 이데올로기에 사로잡혀 있다. 학수와 명제가 학교에서 퇴학을 당하고 쫓겨나는 것은 경향성이고 바닷가에서 생활하는 것은 서정에의 귀의라고 할 수 있다.

이런 동경은 그의 소설 구석구석에 깃들여져 있다.

'작가의 주관적 체험이나 의식작용 등, 인식의 원천이 객관적 대상인 소재에 대해서 반응을 일으키게 되는 정서의 표출이 성립된다'[7]고 보면 「들」은 좋은 예가 된다. 정서적 표현은 연상적 작용으로 감정이입을 일으켜 상호융합의 단계에 이르듯이 효석의 자연물은 상징적 감정이입으로 미화되어 있기 때문이다.

「들」에서의 경향성은 원초적인 자연에 동화되어 있기 때문에 겉으로 드러나지 않는다. 이런 기법 때문에 '초기에는 동반자적인 경향을 띠었다. 동반자적 경향이란 처음부터 관조적인 것이요 이데올로기로 무장한 실천적인 것은 아니었다'[8]고 비호하지만 그의 경향성은

---

7) L. 부룩스 : 소설의 이해.

8) 정한모 : 이효석론.

상당히 중증인 것만은 사실이다. 원초적 세계, 애정행각과 자연의 조화, 반사회적인 것을 초극하고 지향하는 자연적이고 토속적이며 순수 본연의 자세9)는 나의 퇴학으로부터 시작되고 문수의 구속으로 일단락된다.

그의 소설은 원초적 반모랄의 세계에까지 이데올로기는 뿌리를 내리고 있기 때문에 그가 경향성을 구가하는데 얼마나 진지했는지를 알 수 있다. 비록 소설이 순수 서정과 자연을 추구해 시적, 수필의 경지에 이르기는 했으나 이데올로기까지 노출시키고 있기 때문에 경향성과 순수 서정의 양면성을 추구했다고 하겠다.

넷은 구체적 행동과 투쟁이라고 할 수 있다.

「행진곡(行進曲)」(1929)은 달리는 열차 안에서의 격렬한 투쟁을 묘사하고 있다. 해서 남장한 소녀의 마음에서 청년과 오빠와의 연상으로 인한 적극적 투쟁의식을 들여다볼 수 있다.

「북국점경(北國點景)」(1932)은 '모던거얼 멜론'을 등장시켜 사상의 실천까지 구체화했으며 「오리온과 능금」(1932)은 사상의 논쟁이 심화되기도 한다.

---

9) 류기용 : 상게서, p.51.

또 「수난(受難)」(1934)은 유라가 동맹파업을 선동하다가 여러 날 옥살이를 하는 적극적인 투쟁을 그렸고 「추억(追憶)」(1931)에서도 P는 농민운동자로서 적극적으로 암약한다. 「부록(附錄)」에서도 나의 '정의의 논문'이나 운파의 종적으로 보아 적극적 투쟁의식과 실천의 또 다른 양상을 보여주고 있다.

다섯은 창작활동을 하는 동안 지속적으로 경향성을 추구했다는 점이 된다.

효석은 「도시와 유령」을 발표하면서 동반작가로 인정받았으나 경성학교 교원시절부터 세상일과 인연을 끊고 본격적인 창작생활에 전념해 동반작가라는 낙인을 청산10)하기도 했다. 곧 동반작가적 성향에서 벗어나 자신의 문학적 경지를 개척해 나갔다11)는 평은 지극히 일면적 고찰에 지나지 않는다. 문제는 동반작가적 경향은 그만 두지 않았다는 데 있다. 그의 소설에는 경향성을 추구한 일면을 자주 대면하게 된다.

경향성의 추구는 순수 서정의 대표적인 「들」에서도 재현되고 있다. 「주리면」(1942) 등에서 볼 수 있듯이 그

---

10) 한국단편문학전집 9권, 작가 해설조 참조, 정한출판사.
11) 주 3) 재인용.

가 작고 직전까지도 경향성을 버리지 못한 듯하다.

따라서 그의 경향성에의 동경은 심각했다고 하겠다.

효석은 지속적인 경향성을 추구하면서도 대표작 하나 생산하지 못했다는 점은 암시하는 바 크다.

그것은 재능의 미숙이라기보다는 이데올로기나 마르크시즘은 문학의 자산이 될 수 없으며 하나의 선전, 고발, 선동의 당의제밖에 될 수 없다는 점을 드러낸 것이 된다. 그리고 그의 소설이 순수 서정의 꽃을 활짝 피워 그 그늘에 경향성이 묻혀버렸기 때문에 이를 소홀히 다룰 수밖에 없었다고 보여진다.

효석의 예에서 보듯이 1920년대 경향파는 문학적 정열에 비해 생산된 소설은 신문학 이후, 소설의 제 1의적 암흑기라고 평가하는 이유에서도 찾을 수 있다.

「노령근해」이후, 경향성에서 서정주의로의 전환은 부인할 수 없겠으나 경향성에 대한 평가는 재고되어야 한다. 그 이유는 경향성에 대한 종래의 평가는 이데올로기를 터부시했거나, 아니면 서정성의 기법에 매료되어 경향성에 대한 무관심의 소치이겠기 때문이다.

어느 한 작가, 특히 작고 작가에 대해서는 모든 작품을 해부하고 분석해 보아야 그 작가의 전체적인 면을 파

악할 수 있는데도 효석에 대해서만 불행히도 그 총체성
을 잃어버린 느낌이 없지 않아 있다.

반모랄의 엑죠티시즘

효석 소설의 또 다른 경향의 하나는 엑죠티시즘이다.
그는 객관적 소재인 동물을 상징적 차원으로까지 승화
시켜 감정이입의 하나인 융합의 세계로 다가갔다.
이를 두고, 동물에 대하여 감정이입으로 구축한 융
합, 곧 창작을 위한 소재 처리의 기법[12]이라고 흔히 말
한다. 소설 창작과정상 필연적으로 귀납되는 결과는 작
가의 주관적, 정서적 상징을 낳기 마련이다.
이는 감정이입을 수반시켜 상호융합의 경지에까지
도달된다. 이렇게 해서 미화된 엑죠티시즘은 원시적 자
연성의 위장이며 반사회적, 반문명적, 반모랄의 가식으
로 나타나기 마련이다.
효석은 현실의 인위적인 것을 초극해서 원초적 세계

---

12) 류기용 : 상게서.

에로 귀의를 작품 속에 구현하고 있다.

그 결과, 작가로서의 지향과 동경의 지표가 인간의 손길이 닿기 이전의 원시적인 세계이면서도 현실과는 거리가 먼 또 다른 본향을 낳았다. 그것은 문명 이전의 토속성과 자유에의 동경이 아니면 친자연적인 동식물이거나 산천의 소재에까지 광범위하게 다루고 있다.

이런 점에서도 반사회성을 지향한 작가라 할 수 있다.

우리 밖 네 귀의 말뚝 안에 얽어매인 암퇘지는 바라를 맞으면서 유난히 소리를 친다. 말뚝을 싸고도는 종묘장 씨톨은 시뻘건 입에 거품을 품으면서 말뚝의 뒤를 돌아 그 위에 덥석 앞다리를 걸었다. 시커먼 바위 밑에 눌린 자라 모양인 암퇘지는 날카로운 비명을 올리며 전신을 요동한다. 미끄러진 씨톨은 게걸덕거리며 다시 말뚝을 싸고돈다. 앞뒤 우리에서 웅하는 돼지들 고함소리에 오후의 종묘장 안은 들썩했다.

「豚(돈)」

「돈」은 그의 문학적 경향을 동반자적 작가란 초기의 작품세계에서 탈피해 예술작품으로 올려놓은 소설이

다. 이 원초적 세계는 인간과 동물을 연상 작용시켜 융
합을 전제로 한 새로운 기법의 경향을 낳기도 했다.

　　잠자코 섰는 까칠한 암퇘지와 분이의 자태가 서로
얽혀 그의 머리 속에 추근하게 떠올랐다. 음란한 잡담
과 허리 꺾는 웃음소리에 얼굴이 더 한층 붉어졌다.
「돈」

　　비록 자연발생적으로 솟아나는 원시적 본능이라고
하더라도 그것은 능금꽃 같은 두 볼마저 잘강잘강 씹어
먹고 싶은 성욕으로 발전한다. 이 식이의 사춘기적 본능
은 돼지와 분이로 하여금 정서적 감정이입이 형상화되
어 엑죠티시즘으로 승화된다.

　　개울녘 풀밭에서 한 자웅의 개가 장난치고 있는 것
이다. 하늘을 겁내지 않고, 들을 부끄러워하지 않고,
사람의 눈을 꺼리는 법없이 자웅은 터놓고 마음의 자
유를 표현할 뿐이다. 부끄러운 것은 도리어 이쪽이다.
나는 얼굴을 붉히면서 대중없이 오랫동안 그 요절할
광경을 바라보기가 몹시도 겸연쩍었다.
　　……보고 있는 동안에 어디서부터인지 자웅에게

로 돌멩이가 날아들었다. 킬킬킬킬 웃음소리가 나며
두 번째 것이 날았다. …나는 나 이외에 그 광경을 그
때까지 은근히 바라보고 있던 또 한 사람이 부근에 숨
어 있음을 비로소 알고, 더 한층 부끄러운 생각이 와
락 나며, 숨도 크게 못 쉬고 인기척을 죽이고 잠자코
만 있을 수밖에는 없었다.   「들」

자연의 신비감과 경이감에 대한 유혹은 산딸기 맛과
도 같은 관계가 일어난다.
이것은 세태적 제약을 초극하려는 작자의 의지이며
지향하고 추구하는 자연적, 토속적 순수 본연의 미의식
과 원초적 세계에 대한 동경의 변이인 엑죠티시즘이다.

아무리 야취의 습관에 젖었기로 철망 넘어 딸기를
딸 때와 일반으로, 아무 가책도 반성도 없었던가. 벌
판서 장난치던 한 자웅의 짐승과 일반이 아닌가.「들」

원초적 세계는 옥분과 학보와 문수의 애정행각마저
도 서정 속에 몰입되는 또 다른 조화를 보게 된다.

우리도 없는 농장에, 아닌 때 웬일인가들 의아하게
여기고 있는 동안에, 집채같은 돼지는 헛간 앞을 지나
묘포밭으로 달려온다. 산돼지 같기도 하고 마바리 같
기도 하여 보통 돼지는 아닌데다가, 뒤미처 난데없는
호개 한 마리가 거위영장같이 껑충대고 쫓아오니, 돼
지는 불심지가 올라 갈팡질팡 밭 위로 우겨든다.

「분녀」

분녀는 첫경험 뒤로 성의 피해를 입으며 수용한다.

효석은 이러한 애정 표현으로 사회적, 윤리적 도의와
관습을 초월하여 원초적 세계를 추구하기도 했는데 곧
동물과 섹스는 소재의 융합이 된다.

이런 엑죠티시즘도 자연의 원시성이며 본향에 대한
동경의 미의식으로 발전된다.

대체 주인집 양주는 이때껏 무엇을 하고 있나 하고
빈지 틈에 눈을 대었다. 이 괴망스러운 짓이 실수였는
지 모른다. 빈지 틈으로는 맞은 편 건너방이 또렷이
보인다. 분녀는 하는 수 없이 방안의 행사를 일일이
보지 않을 수 없었다.

거의 숨을 죽였다. 피가 솟아 얼굴이 확 단다. 목구

멍이 이따금 울린다. 전신의 신경을 살려 두 손을 펴
고 도마뱀같이 빈지 위에 납작 붙었다.   「분녀」

　동물적인 섹스의 자연성만 추구한 것은 아니다. 때로
는 인간적인 에로티시즘의 일면도 표현했다.
　이 인간적인 엑죠티시즘마저도 자연스럽게 성장하는
상처의 치유로 인식되기도 했다.

　　“우리들 장난이 아니우. 암놈을 보고 저 혼자 발광
이지.”
　　“늙은 주제에 암샘을 내는 셈야. 저놈의 짐승이.”
　　　　　　　　　　　　　　　　　　　「메밀꽃 필 무렵」

　반평생을 같이 늙어온 짐승과 허 생원, 그가 충줏집
을 생각만 하여도 철없이 얼굴이 붉어지고 발밑이 떨리
는 것이나, 나귀가 암샘을 내어 거품을 흘리는 것이나
이는 소재의 융합에서 조화를 이룬 엑죠티시즘이 된다.
다시 말해 허 생원의 운명과 나귀라는 동물적인 소재가
융합을 가져온 셈이 된다.

"나귀야. 나귀 생각을 하다 실족을 했어. 말 안했던
가. 저 꼴에 제법 새끼를 얻었단 말이지. 읍내 강릉집
피마에게 말일세. 귀를 쫑긋 세우고 달랑달랑 뛰는 것
이 나귀 새끼같이 귀여운 것이 있을까. 그것 보러 나
는 일부러 읍내를 도는 때가 있다네."
「메밀꽃 필 무렵」

나귀와 허 생원, 강릉 집 피마와 성씨 처녀, 나귀 새끼
와 동이, 이러한 동물적 소재 이면에는 지극히 암시적이
긴 하지만 엑죠티시즘이 깔려 있다.
뿐만 아니라 또 다른 엑죠티시즘을 발견하게 된다. 곧
동성애(homosexuality)라고 할 수 있다.

뒤안에 물통을 들여다 놓고 그 속에서 목욕을 할
때 그 희멀건 등줄기를 밀어 주노라면 점순은 그 고운
몸뚱아리를 그대로 덥석 안아 보고 싶은 충동이 솟군
하였다. 여름 한때 새끼손가락 끝에 붉은 꽈리알을 띄
운 것도 같아서 말할 수 없이 귀여운 감동을 자아내는
것이었다.
「개살구」

점순이가 서울집의 육체를 탐스럽게 바라보며 동성

애를 느끼는 장면이다.

봉곳한 팔이며 앵도알 같은 젖꼭지가 그대로 보기
는 아까운, 뛰어 들어가서 만져라도 보고 싶은 것이
다. 자기가 만일 사내라면 그 흰 다리를 독수리같이
물어 뜯고야 말 것. 망간 북새들은 친쩰레나무 아래
뱀이 마음 있던 짐승이라면 그 고운 팔 다리를 그대로
두지는 않았을 것을 생각하면서 아무리 들여다보아
도 귀중한 보물같이 싫어지지 않는다.   「화분」

옥녀가 미란의 벗은 육체를 엿보는 것은 가벼운 징후
라고 하더라도 엑죠티시즘의 변질이 아닐 수 없다.

「화분」에서는 동성애적인 중증이 나타나기도 한다.

동성애는 인간 본능의 순수라든가, 성적 본능의 원초
적인 것 이상으로 인간에게서 느끼는 엑죠티시즘이라
할 수 있다.

효석은 이국적인 사조나 정치성을 제거한 후의 원초
적 세계는 정물과도 같은 소재를 다루어 표현했다.

그리고 엑죠티시즘은 자유에의 갈망, 원초적 세계에
의 동경, 반사회적·반문명적·반모랄적인 원초성을

추구했다는 점에서 그 특성을 찾을 수 있다.

서구에의 동경

그의 소설 중에서 주로 후기에 해당하는 작품들은 초기의 토속적인 작품과는 다른 서구적인 분위기를 풍기는 세계를 지향하고 있다. 이런 이국적인 정조는 그가 또 다른 소재로서의 작가적 폭을 넓혔음을 의미한다.

그러나 일상생활에는 서구에 대한 동경이 구석구석 잠재해 있었던 탓인지 중기 소설에 나타난 원초적, 신비적 동경의 세계와 궁극적으로 그리워하고 동경하던 서구적인 세계와는 유사점을 발견하게 된다. 양식을 좋아하는 식성이어서 버터나 통조림이 떨어지지 않았으며 서양 음악에도 조예가 깊었다. 정원에는 프록스 프리므라 가카리아 등 양화를 가꾸었으며 임종 시에도 글라디올러스[13]를 머리맡에 꽂아 두기도 했다.

이처럼 이국적인 정조를 동경하다가 「황제」나 「역사」

---

13) 한국대표단편문학전집 9권.

같은 작품을 생산한 것이 아닌가 여겨진다.

　이런 동경 때문인지 소설에 있어서는 현실과는 거리가 먼 과거를 추구하기도 했고 토속적, 원시적 자연의 세계를 추구하기도 했으며 섹스를 식욕과 같은 본능으로 다루기도 했다. 그 결과, 이국적인 정취에 대한 현실 초극을 낳게 된다.

　「녹음의 향기」에서 장미[14]를 극찬했다.

　장미는 물론 서양의 꽃이다. 서구의 향훈을 담뿍 느끼게 하는 장미이다.

　살비아, 프록스, 에스터, 딸리아 등은 그가 즐겨 나열하는 서구의 꽃들이다. 이런 꽃은 동양적인 여인상이 아닌, 서구적인 여인상을 자기의 이상에 맞는 여인[15]으로 형상화하기도 했다.

　그는 서구의 꽃을 즐겨 나열하고 찬미하는 소극적인 서구에의 동경을 한동안 거쳐 간다. 그러다가 본격적으로 서구에의 동경이 작품으로 나타나게 된다.

---

14) 주종연 : 이효석 작품에 있어서 몇 개의 모티브에 대하여, 성심여대 논문집 제 1집.
15) 정한모 : 현대문학연구, 범조사, p.17.

…어둡다 요란하다 우뢰소리 번갯불 바람은 천지
를 쓸어 가련 것가, 구름은 우주를 뭉개 버리련 것가.
파돗소리 저 파돗소리 절벽을 물어뜯는 저놈의 파돗
소리 수십 길 절벽을 뛰어 넘어 이 집을 쓸어 가려는
듯 차라리 쓸어가 버려라 집까지 섬까지 한 모금에 삼
켜 버려라.   「황제」

콜시카 섬에 유폐된 나폴레옹, 그의 절망적인 삶과
자유에의 갈망은 막연한 그리움이 아니라 노스탤지어
를 대변하는 것이며 역사의식이 짙게 깔려 있다.

목숨이 떨어지자 주가 내 손을 이끌어 그의 윈편에
앉히도록 가장 신선한 복음의 귀절로 기도를 올리라
그리고 내 진한 후에 모든 것을 구라파의 내 유족에게
전해 달라 어둡다 요란하다 바람소리 파돗소리 땅위
의 태양이 떨어지라 용기를 내라 탄환이 나를 뚫을 수
는 없는 것이다. 흠흠으으…   「황제」

그의 소설에는 역사의식이 거의 없다고 한다.
그런데 「황제」나 막달라 마리아가 등장하는 「역사」
에서는 역사의식을 느낄 수 있다.

비록 표상이나 의지는 아닐 수도 있지만.

콜시카 섬에 유폐된 황제는 숨 돌릴 겨를도 없이 심신이 달달 볶기는 악랄무도한 일제하의 우리 민족으로 비약시킬 수는 없을까. 만약 비약시킬 수만 있다면 감각적, 상징적 민족의식을 유추할 수도 있을 것이다.

어둡고 요란한 파돗소리, 그것은 먹구름 같은 일제의 극악으로, 태양이 떨어진 것은 희망 잃은 민족으로.

이런 상징이 가능하다면, 서구에의 동경은 곧 자유와 해방의 갈망이 변질된 민족의식을 엿볼 수 있다. 탄환은 일제의 잔학, 뚫을 수 없는 것은 민족의 얼만은 갖은 수단으로도 빼앗을 수 없는 무엇으로 봄 직하다.

효석의 소설을 두고 사상적 탐구나 사회 개조같은 것을 우위에 두어 평한다면 초기부터 후기까지 작품에 면면히 흐르고 있는 경향성의 추구라는 점은 부인할 수 없다. 이는 역사의식이나 민족의식의 결여로 볼 수 있으며 원초적 본향에의 울부짖음은 있으나 처참한 현실을 적나라하게 고발하는 리얼리티는 없다고 할 수 있다.

그러나 시대를 증언하는 역사의식이나 민족의식이 구체적으로 구상화되지는 않았으나 이를 서구에의 동경으로 전환시켰다고 추정할 수는 있지 않을까.

일제 강점기, 그 기나긴 암흑기에 소설을 쓴다는 것도, 농민의 수탈을 그린다는 것도, 갈망을 노래한다는 것도, 우리말로 글을 쓴다는 행위마저도 소극이냐, 적극이냐를 막론하고 엄연한 저항이며 민족의 공유재(언어)와 그 속에 배인 얼을 지킨다는 그 자체가 민족의식[16]의 발로이겠기 때문이다.

어쨌든 1930년대 먹구름 같은 지독한 일제치하에서 한국 단편소설의 금자탑을 쌓은 효석의 결단과 용기에 대하여 새삼 경의를 표하지 않을 수 없다.

낙오와 숙명의 서정

효석은 1930년대 단편소설의 금자탑을 구축했다. 이러한 찬사의 근저는 어디에 있을까? 그것은 두 말할 필요도 없이 서정성의 추구에 있을 것이다.

그는 '진실을 추구해서 그 위에 높은 시의 경지를 창조해 가는 곳에 작가의 제 2단의 자각이 있어야 할 것이

---

16) 김붕구 : 한국의 지식인상.

다'[17]고 스스로의 견해를 피력하기도 했다.

그런 자각 때문인지는 모르겠으나 소재를 자연과 인간세계로 방향을 돌려 원시성과 자연성의 본능을 추구했으며 서정적인 시의 경지에서 단편소설의 창작동인을 찾았는지도 모른다. '인간 본연의 것, 건강한 생명과 동력과 신비성… 인위적인 것을 떠나 야생의 건강미를 영탄한 것'이 「산」, 「들」, 「돈」이다.

「메밀꽃 필 무렵」에서는 애욕의 신비성을, 「장미 병들다」에서는 허망한 해방감을 그렸으며 나아가 생명의 신비성까지 구명해 보려고 했다[18]고 토로하기도 했다.

1930년대 이후는 유력한 몇몇 작가들에 의하여 단편소설의 제 2기를 형성했다. 그 중 한 사람이 효석이다. 그는 구인회 회원으로 활동한다. 구인회란 프로문학파와는 관계가 없든가, 그러한 경향에 반대 의사를 갖고 이탈한 사람들로 단편소설의 예술적 특질이나 작품의식에 초점을 둔 점은 주목할 만하다.

효석은 예술파 문학에 참가하므로 작품경향[19]이 일

---

17) 이효석 : 현대적 단편소설의 상모 참조.

18) 이효석 : 상게논문 참조.

19) 백철 : 한국단편문학 40년, 한국단편문학전집, 백영사, 1979.

변하게 된다. 자연주의나 신경향파라는 사조나 경향으로 포괄하기 어려운 새로운 면모를 보여준다.

왜냐하면 경향성을 추구하면서도 아울러 획기적인 작풍을 실현시켰기 때문이다.

어쨌거나 효석은 경향성에서 한 차원을 달리했다. 일련의 단편소설에다 무대를 신선한 산야에 두고 거기에 등장하는 인물들마저 자연의 일부로 다루거나 행동마저도 자연성과 결부시켰기 때문에 본능이거나 성적인 것을 엿볼 수 있다.

효석의 소설에서 성행위가 대담하게 묘사되나 자연주의 문학이 수성에서 인간을 해석하여 성욕 묘사를 즐기던 것과는 차원이 다르다.

그는 로맨티시스트로서 친자연적인 정서를 바탕으로 서정[20]을 실현시켰기 때문이다.

　…몸뚱어리가 마치 땅에서 솟아난 한 포기와도 같은 느낌이다. 소나무, 참나무 총중의 한 대의 나무다. 두 발은 뿌리요, 두 팔은 가지다. 살을 베이면 피 대신에 나무진이 흐를 듯하다. 잠자코 서 있는 나무들의

20) 백철 : 상게논문 참조.

주고받는 은근한 말을, 나뭇가지의 고갯짓하는 뜻을,
나뭇잎의 소곤거리는 속심을, 총중의 한 포기로서 넉
넉히 짐작할 수 있다.   「들」

친자연적인 배경도 서정성을 바탕으로 하고 있다.
물심일여, 주객일체의 이면에 흐르고 있는 것은 무엇
일까? 그것은 중실의 삶에서 읽을 수 있다.
곧 소극적인 삶, 낙오자의 삶, 현실도피적인 삶의 터
전이 되고 있다는 데 있다.

김 영감 편에서 투정을 건 셈이다. 지금 와 보면 처
음부터 쫓아낼 의사였던 것이 확실하다. 중실은 머슴
산 지 칠팔 년에 아무것도 쥔 것 없이 맨주먹으로 살던
집을 쫓겨났다. 원통은 하였으나 애통하지는 않았다.
                                          「들」

김영감이 가살스런 첩의 행실을 휘잡지 못하고 엉뚱
하게도 중실에게 화풀이를 하고 쫓아낸다. 중실은 일언
반구도 없이 쫓겨나 산으로 들어온다.
산마저 인간을 하나의 동식물처럼 포용한다.

이는 보다 본연적이며 생명력의 신비성과 같은 원초적 세계로의 귀의라고 할 수 있으며 소극적인 삶의 표상이며 인생에 낙오된 인간 최후의 고향이요 현실도피적인 패배자의 온실로 받아들여진다.

김 영감은 나날이 포악해지는 일제의 잔영, 중실은 갈수록 피폐해 가는 민족의 화신으로 비약할 수는 없을까. 이런 비약이 가능하다면 효석에게는 적극적인 투쟁의식이 결여된 소극적인 삶의 변신이라고 볼 수도 있다. 일제의 검은 마수가 먹구름 같이 내리덮은 시대에 한국 단편 소설의 상아탑을 찬연히 쌓는 길은 서정성에 바탕을 둘 수밖에 없었는지도 모른다.

하늘의 별이 와르르 얼굴 위에 쏟아질 듯싶게 가까왔다 멀어졌다 한다.
별 하나 나 하나, 별 둘 나 둘, 별 셋 나 셋-
어느 결엔지 별을 세이고 있었다. 눈이 아물아물하고 입이 뒤바뀌어도, 수효가 틀려지면 다시 목소리를 높여 처음부터 고쳐 세이곤 하였다.
별 하나 나 하나, 별 둘 나 둘, 별 셋 나 셋- 세는 동안에 중실은 제 몸이 스스로 별이 됨을 느꼈다. 「산」

동화의 세계까지 잠입한 정서, 그것은 현실에서 어쩔 수 없는 낙오자의 종착역일 수밖에 없었다. 소극적인 삶의 귀의, 김영감에게 대거리 한번 못하고 고분고분 물러난 중실의 태도에서 낙오와 패배를 읽을 수 있다.

그가 궁극적으로 귀의하는 서정에의 자연성은 원초적인 삶이며 신비한 자연귀의가 된다. 자연귀의는 낙오자나 패배자의 고향으로 삶의 터전이 되기도 한다.

이런 면이 그가 끊임없이 추구했던 경향성과는 또 다른 면을 보여준 셈이 된다.

> … 풋나물을 뜯어 먹으면 몸이 초록으로 물 들 것 같다. 물 들어야 될 것 같다. 물 들어야 옳을 것 같다. 물 들지 않음이 거짓말이다. 물 들지 않으면 안 될 것 같다. 「들」

산 들 꽃 나무 강물 물고기 짐승 인간까지도 포괄한 자연이며 그것도 원초적 세계에 해당된다. 야성적이고 풍요로운 자연적 소재에 주객일체의 정서가 융합되어 있다. 그것은 인위적이든 의지적이든 문제 밖이다.

퇴학 맞고 처음으로 도회에서 쫓겨 내려왔을 때에
첫걸음으로 찾은 곳은 일가집도 아니요, 동무집도 아
니요, 실로 이 들이었다.   「들」

인생의 낙오자, 사회의 패배자가 찾은 곳이 들이다.

따라서 자연에의 귀의는 인생과 사회 낙오자의 온상
이며 고향이 될 수밖에 없다.

이러한 작품세계의 주인공들은 현실 사회, 실제생활
의 관습 내지 의지나 행동 등 모두가 실격자인 인물로만
나타나게 된다는 점[21]도 이와 같은 근거에서일 것이다.

효석에게 보다 심각한 대상은 인간의 존재나, 사상적
인 탐구나, 자연의 분석과 의미 부여나, 사회 개조와 같
은 것을 우위에 둔 비평은 효석이 원초적 세계에 구심점
을 두었던 절대적 영역을 감안하지 못했던 것이라고 할
수밖에 없다[22]는 논조에 수긍할 수만은 없다.

학교를 나온 후부터는 하염없이 바다를 바라보는
날이 늘어갔다. 모래 언덕에 서서 꿈틀거리는 창파를

---

21) 류기용 : 상게서 참조.
22) 류기용 : 상게서 참조.

바라보는 동안에 지난 날의 인색하던 기억이 혹은 기
쁘게 혹은 슬프게 마음 속에서 부서지고 사라져 갔다.
「영라」

　　낙오자가 된 학수는 바다를 낙으로 삼아 살아가는데
이는 원초적 자연에의 귀의, 곧 인간에의 복귀를 내포하
고 있다. 왜냐하면 학수는 명재와 볼을 차며 인간에의
강한 충동을 느끼기 때문이다.

　　그러나 공포는 왔다.
　　그것은 들에서 온 것이 아니요, 마을에서-사람에게
서 왔다.
　　공포를 만드는 것은 자연이 아니요, 사람의 사회인
듯싶다.
　　문수가 돌연히 끌려간 것이다.
　　……여러 가지 재미있는 여름의 계획도 세웠으나
혼자서는 하염없다.
　　가졌던 동무를 잃었을 때의 고독이란 큰 것이다.
　　들에서 무료히 지내는 날이 많다.　　　　　「들」

　　원초적 자연의 서정만이 영원한 고향귀의일 수는 없

겠다. 효석에게는 자연적이며 토속적인 순수 본연의 자
세가 극에 부딪치면 또 다른 감상이 나타났으니 말이다.

> 밥 짓는 일이란 머슴의 할 일이 못된다. 사내자식
> 은 밭 갈고 나무하는 것이 옳은 것이다. 장가를 들려
> 면 이웃집 용녀 만한 색시는 없다. 용녀를 데려다 밥
> 일을 맡길 수밖에는 없다고 생각하였다. 용녀를 생각
> 만 하여도 즐겁다.　　　　　　　　　　　　　「산」

원초적 자연의 서정을 구사하면서도 자연귀의를 못
해 인간에의 동경을 모색한다. 앞서 언급한 서정성과 경
향성 이외에 또 다른 서정주의와 인간에의 복귀라는 양
면성이 나타난다. 자연과 인간에의 복귀, 곧 그가 추구
하는 문학의 양면성은 동시에 이질적으로 나타나기도
했던 것이다. 「메밀꽃 필 무렵」도 예외일 수 없다.

단 한 편의 짤막한 소설 「메밀꽃 필 무렵」으로 우리
나라 산문예술을 현대적인 시정으로 살을 붙이고 서구
적인 정신 내용과 현대의 문학의식을 도입해 고유 정서
의 피를 순환시켜 우리의 산문에 지성과 시 정서의 세
계23)를 낳은 작가가 효석이며 소설문학에 새로운 영토

와 새로운 풍격을 이룩한 작가[24]라고 추앙받기도 했다. 그런가 하면, 정감의 작가요 산문정신에 의해 냉철하게 인생을 관찰하고 탐구하기 위해서 그의 정신은 너무나 도 순수에 겨워 있기 때문에 리얼리티가 되지 못한 점도 고려해 볼 필요가 있다[25]는 지적을 받기도 했다. 또한 '심미감과 쾌의 감동을 떠나서 소설은 없다.'[26] 는 효석 은 「메밀꽃 필 무렵」에서는 현재보다는 과거로, 현재 거주지보다는 「역사」나 「황제」처럼 먼 이역의 세계로, 「화분」이나 「들」에서처럼 관습과 죽음의 생활보다는 자유와 자연 상태의 본능적 세계로, 정치적 문명적 역사 적인 세계보다는 「수탉」이나 「독백」처럼 원시적 토속 적 세계로 지향하려는 신비나 애수의 자연성이 꽃을 피 운 원초적 세계, 청초하고 세련된 감각과 상상으로 미학 을 낳아 1930년대 단편소설의 금자탑을 이룩했다는 찬 사는 당연한 것으로 받아들여졌다.

　해서 일련의 로맨틱한 서정성의 작품을 거쳐 단편소

---

23) 정한모 : 현대시가연구 참조.
24) 이효석전집 : 간행사.
25) 유진오 : 작가 이효석론.
26) 이효석 : 문학진폭옹호의 변.

설의 백미로 나타난 명품이 「메밀꽃 필 무렵」이다.

허 생원이라는 장돌뱅이 노인과 젊은 동이와의 인물 관계를 과거 이야기는 숨겨두고 그 속에 동물인 나귀를 등장시키고 있다. 소도구 처리에 있어서는 전 작품과 마찬가지이나 여기서는 자연 서경을 간접적으로, 성적인 장면이나 이야기는 뒤로 숨기고 있다. 그리고 스토리나 사건을 암시적으로 전개하면서 세세한 일들을 전후로 효용하여 작품의 긴밀성[27]을 보여주고 있다.

이런 면에서도 단편소설로서 빈틈을 찾아볼 수 없는 명품이라고 할 수 있다. 뿐만 아니라 단편소설의 수준이 차원 높은 경지에 도달하게 되었다고 하겠다.

이러한 찬사는 어디에다 근거를 두고 있는 것일까?

그것은 두 말할 나위도 없이 서정성에 있다는 데 이의가 없을 것이다. 하나의 작품을 창조적인 면에서 볼 때, 소재(subject matter)라는 것은 곧 작가의 주관적인 인식의 원천을 객관화한 것이라고 할 수 있다. 작품의 감각이 외계의 자극을 받아들여서 내부적인 감동을 일으키게 되는 경우는, 그 체험의 주체가 인간이기 때문에

---

27) 백철 : 상계논문 참조.

내적 체험을 통과하게 된 것만이 문예작품의 소재가 되는 것[28]이라면, 「메밀꽃 필 무렵」은 자연의 서정성으로 보아 가장 성공한 작품이 된다.

배경의 설정에 의해 환기되는 생생한 인상들은 작품의 전체적 구조에 들어맞는 것이라야 한다. 배경이 아무리 생생하게 묘사되었다고 하더라도 그것이 작품의 전체적인 구조를 파괴하는 것이라면 기술적인 결함으로 지적된다. 잘 짜여진 작품에서는 배경 묘사 그 자체가 목적일 수 없다. 어디까지나 배경은 작품의 총체적 구조를 이루는 한 요소에 불과하다.

따라서 인물과 마찬가지로 배경 자체가 가지는 의의보다 그것이 작품이라는 하나의 복합적인 전체에 어떻게 기여하는가[29]를 기준으로 삼는다면, 「메밀꽃 필 무렵」은 서정성의 일부분으로 전체에 기여하는 조화를 보여주고 있다. 자연의 서정, 이런 서정성도 즉물적 배경을 바탕으로 하며 공간적으로는 구체적인 독자의 상상력에 선명한 이미지를 부각시킨다.

달밤의 정감이 독자에게 낭만성으로 점입된다.

---

28) 최재서 : 문학원론.
29) 김시태 외 : 문학개론, p.133 참조.

조 선달 편을 바라는 보았으나 물론 미안해서가 아
니라 달빛에 감동하여서였다. 이지러는 졌으나 보름
을 갓 지난 달은 부드러운 빛을 흐뭇이 흘리고 있다.
대화까지는 팔십 리의 밤길, 고개를 둘이나 넘고 개울
을 하나 건너고 벌판과 산길을 걸어야 된다. 길은 지
금 긴 산허리에 걸려 있다. 밤중을 지난 무렵인지 죽
은 듯이 고요한 속에서 짐승같은 달의 숨소리가 손에
잡힐 듯이 들리며, 콩 포기와 옥수수 잎새가 한층 달
에 푸르게 젖었다. 산허리는 보통 메밀밭이어서, 피기
시작한 꽃이 소금을 뿌린 듯이 흐뭇한 달빛에 숨이 막
힐 지경이다. 붉은 대공이 향기같이 애잔하고 나귀들
의 걸음도 시원하다. 길이 좁은 까닭에 세 사람은 나
귀를 타고, 외줄로 늘어섰다. 방울소리가 시원스럽게
딸랑딸랑 메밀밭께로 흘러간다.　　「메밀꽃 필 무렵」

이 인문은 시적 수필의 배경을 극대화하고 있다.

효석은 서정성을 희디 흰 색채감과 또 다른 영상을
형상화하고 있는 셈이다. 따라서 배경의 서정이 작품 속
에 용해되고 승화되었다고 할까.

양이 짧은 단편에서는 구체적인 이야기를 전개하는
것이 무리라고 하여 어떤 일순간의 심적 상태를 표현함

으로써 시적, 수필의 경지로 나아가려는 경향[30]으로 보아서는 가히 명품이라고 할 만하다.

허 생원이나 조 선달 같은 장돌뱅이는 고달픈 삶의 전형이며 불행과 고독과 낙오자의 삶이다. 그리고 동이라는 사생아는 비참과 고통의 그늘진 인생이다.

그런데도 이런 모든 것이 서정 속에 묻혀버렸다. 그만큼 그에게는 리얼리티가 결여되었다고 하겠다.

그렇다고 하더라도 서정적 미의식이 작품 전체의 분위기를 조성하고 이바지하는 데는 더할 나위 없이 성공을 거두고 있다.

그런데 작품 전체로 보아 극히 일부분인 서정적 미의식만 높이 사 단편소설의 금자탑을 쌓았다고 하는 극찬은 재삼 음미해 봄 직하다.

「메밀꽃 필 무렵」에서 서정성의 배경을 제외시키면 남은 것은 과연 무엇일까?

"봉평은 지금이나 그제나 마찬가지지. 보이는 곳마다 메밀밭이어서 개울가나 어디 없이 하얀 꽃이야. 돌밭에 벗어도 좋을 것을, 달이 너무도 밝은 까닭에 옷

---

30) 최인욱 : 단편소설의 특질.

을 벗으려 물방앗간으로 들어가지 않았나……"
「메밀꽃 필 무렵」

자연의 풍경과 서정의 정감은 허 생원의 일생을 숙명적으로 옭아맨다. 서정의 이면에 숨겨진 숙명은 오히려 서정의 풍경으로 말미암아 낭만성으로 나타났다.

"옛처녀나 만나면 같이나 살까— 난 꺼꾸러질 때까지 이 길 걷고 저 달 볼 테야"　　「메밀꽃 필 무렵」

이런 서정으로 인해 인간의 숙명이 비애미의 극치를 이루지만 이를 본격적으로 추구하지 않았다.

나귀가 걷기 시작하였을 때, 동이의 채찍은 왼손에 있었다. 오랫동안 아둑신이 같이 눈이 어둡던 허 생원도 요번만은 동이의 왼손잡이가 눈에 띄지 않을 수 없었다.
「메밀꽃 필 무렵」

단지 허 생원과 동이의 운명을 암시하면서 이야기는 끝나는데 이러한 암시마저 소설의 결정적 요소[31]로서 제 기능을 발휘하지 못하고 있다.

문제는 이런 점을 문학성으로 인정했다는 데 있다.

그 결과, 「메밀꽃 필 무렵」은 하나의 미학적 정서로서 이해되고 있는 저간의 비평은 극히 부분적인 것만이 효석 문학의 모든 것인 듯 호도했으며 서정적, 정서적, 자연적 풍경의 미학이 인생의 숙명마저 낭만성으로 돌렸다. 「개살구」에서 서울 집과 정실 소생인 재수와의 애정 유희가 보다 숙명적이며 「산협」에서 송씨가 자식을 보기 위해 불의의 씨를 잉태하고 아들을 낳자 간수를 먹고 자살하려는 것이나 불의의 자식을 죽여 버리는 것이 숙명의 표상이기 때문이며 「메밀꽃 필 무렵」에서는 시적, 서정의 배경이 짙게 깔려 있으나 이들 작품에서는 서정이 깔려 있지 않아서이다.

이상에서 살펴보았듯이, 효석은 서정성의 배경을 작품 전체에 융화시킨 기법으로 성공한 작가, 기법만으로 단편소설의 금자탑을 이룬 작가로 추앙받아 왔다.

이는 일면만 본 찬사가 아닐 수 없다.

실제로 효석은 작품의 수준 이상으로 보다 높이 평가

---

31) 조연현 : 문학전집 6권.

되고 있는 것은 아닌지 반성해 볼 일이다.

이유는 서정의 배경으로 낙오나 숙명이 묻혀버린 채 서정의 미학만 높이 사고 있기 때문이다.

인간의 숙명성이나 소설적 흥미로 보나 「개살구」나 「산협」이 보다 소설적이다.

그런데 「산」, 「들」, 「메밀꽃 필 무렵」 등이 대표작으로 추앙됨은 서정의 미학에 비중을 둔 일면적 고찰의 결과라고 하지 않을 수 없다. 우리말로 소설을 쓴다는 그 자체부터가 소극이나 적극을 떠나 거대한 바위가 덮어씌우는 일제 강점 하에서는 엄연한 저항이다.

아울러 민족의 공유재를 세련시키면서 얼을 지킨다는 자체가 민족의식의 발로이겠기 때문이다.

이런 전제로 1930년대 한국 단편소설의 금자탑을 쌓은 효석에 대한 이상의 논지를 종합해 본다.

하나, 효석은 초기부터 후기에 걸쳐 동반작가적 경향성을 이어왔다. 많은 소설의 인문에서 실증되었듯이 지금까지는 동반작가적인 성향을 과소평가하고 있다. 이는 시정되어야 하겠으며 재정립이 이루어져야 한다. 동반작가적 성향을 타부시하거나 경원해서는 안 된다. 작가의 생애와 작품을 통한 전면적 분석만이 한 작가를 올

바르게 바라볼 수 있기 때문이다.

둘, 효석 소설의 특이한 경향의 하나는 엑죠티시즘이다. 이런 경향은 동물에다 감정이입을 시켜 인간 본능의 세계로 융합시킨 경지로까지 승화되었다. 그리고 인간과 인간의 동성에서 추구되기도 했는데 단순히 순수한 본능 이상의 동성애가 융합되기도 했다. 동물적인 소재이든, 동성애적인 성적 충동이든 그것은 반사회적, 반문명적 반모랄을 추구하는 원초적 세계에의 몰입이다.

셋, 효석 소설의 종착역은 서구에의 동경이다. 이런 경향은 그의 중기 소설에서 지향했던 서정적 미학과 같은 유사점을 발견하게 된다. 이국적 정조를 소극적으로 동경하다가 「황제」에 이르러 구상화되었다. 서구에의 동경은 곧 자유에의 갈망이며 나아가 역사의식이나 민족의식으로 비약했다고 재조명하고 싶다. 왜냐하면 일제 강점 하에서 지조를 지키면서 글을 쓴다는 자체가 엄연한 저항이며, 민족의 공유재를 지키고 그 얼을 세련시켰음은 민족의식의 발로이겠기 때문이다.

넷, 효석 소설의 장기는 서정성의 극대화이다. 이는 둘로 나누어 생각할 수 있다.

하나는 원초적 자연의 서정을 바탕에 깔고 나타난 낙

오성이다. 서정성을 바탕으로 한 일련의 소설 속에 나타난 주인공들은 현실사회나, 실제생활의 관습이나 도의 면에서 실격자인 인물이다. 이런 점으로 미루어 본다면 현실의 패배자요 낙오자의 은신처가 바로 서정성이다. 다른 하나는 서정의 숙명성이다. 서정적 자연적 미학은 인생의 운명과 숙명을 호도한 가식의 방편이기도 하지만 서정성의 배경을 작품 전체에 융합시킨 기법으로는 성공한 작가라 할 수 있다. 그렇다고 서정성의 기법만을 높이 사는 일면적 고찰로써 평가를 받고 있는 현실은 온당하지 못하다. 서정성의 배경에 묻혀 있는 낙오이나 숙명을 묻어둔 채 서정적 미학만으로 평가하는 것은 일면만 본 것으로 재고되어야겠다.

이 글을 마무리하면서 느낀 점은 이제부터라도 「메밀꽃 필 무렵」은 재창조되어야 한다는 점이다.

「춘향전」처럼 영화로, 오페라로, 뮤지컬로 재창조되어야 하고 제2, 제3의 「메밀꽃 필 무렵」이 나타나도록 모든 지원을 아끼지 말아야 할 것이다.

지은이 소개 ┃

김장동은 월간문학 소설부분 신인상으로 문단에 등단해 동국대학교 국문학과 졸업 및 동 대학원을 수료, 한양대학교 대학원에서 문학박사를 취득. 국립 안동대학교 인문대학 국문학과 교수역임 재임 중 출판부장, 도서관장, 인문과학연구소장, 대학원장, 전국국공립대학교대학원장협의회 회장 등 역임.

저서로는 『조선조역사소설연구』, 『조선조소설작품논고』, 『고전소설의 이론』, 『국문학개론』 등이 있다.

소설집으로 『우리 시대의 神話』, 『천년 신비의 노래』 등이 있다. 장편소설로는 『첫사랑 동화』, 『후포의 등대』, 『450년만의 외출』, 문집으로는 『시적 교감과 사랑의 미학』이 있고 『김장동문학선집』 9권을 출간하기도 했다. 시집으로는 『하얀 실비』, 『오늘 같은 먼 그날』, 『한 잔 달빛을』, 『간이역에서』, 『하늘밥상』이 있다.

이 세상에서 가장 오랜 시간에 걸쳐 쓴 편지

| 초판 1쇄 인쇄일 | | 2010년 11월 9일 |
| 초판 1쇄 발행일 | | 2010년 11월 10일 |

지은이		김장동
펴낸이		정진이
총괄		박지연
편집 · 디자인		이솔잎 채지영
마케팅		정찬용
관리		한미애 김민주
인쇄처		은혜사
펴낸곳		북치는 마을

등록일 2005 13 14 제17-423호
서울시 강동구 성내동 447-11 현영빌딩 2층
Tel 442-4623 Fax 442-4625
www.kookhak.co.kr
kookhak2001@hanmail.net

| ISBN | | 978-89-5628-553-5 *03800 |
| 가격 | | 12,000원 |

* 저자와의 협의하에 인지는 생략합니다.
  북치는 마을은 국학자료원, 새미의 자회사입니다.
  잘못된 책은 구입하신 곳에서 교환하여 드립니다.